贝页
ENRICH YOUR LIFE

BITE BY BITE

NOURISHMENTS AND JAMBOREES

波罗蜜的夏日回忆

[美] 艾梅·内茨库玛塔尔
(Aimee Nezhukumatathil) 著 李磊 译

文匯出版社

图书在版编目 (CIP) 数据

波罗蜜的夏日回忆 /（美）艾梅·内茨库玛塔尔
(Aimee Nezhukumatathil) 著 ; 李磊译 . -- 上海 : 文
汇出版社 , 2025. 8. -- ISBN 978-7-5496-4523-7
Ⅰ. I712.65
中国国家版本馆 CIP 数据核字第 2025RZ9639 号

BITE BY BITE: Nourishments and Jamborees
by Aimee Nezhukumatathil
Copyright © 2024 by Aimee Nezhukumatathil
Published by arrangement with Curtis Brown, Ltd.
through Bardon Chinese Creative Agency Limited
Simplified Chinese translation copyright © 2025
by Golden Rose Books Co., Ltd.
ALL RIGHTS RESERVED

上海市版权局著作权合同登记号：图字 09-2025-0328 号

波罗蜜的夏日回忆

作　　者 /	［美］艾梅·内茨库玛塔尔
译　　者 /	李　磊
责任编辑 /	戴　铮
封面设计 /	王梦珂
版式设计 /	汤惟惟
出版发行 /	文匯出版社
	上海市威海路 755 号
	（邮政编码：200041）
经　　销 /	全国新华书店
印刷装订 /	上海普顺印刷包装有限公司
版　　次 /	2025 年 8 月第 1 版
印　　次 /	2025 年 8 月第 1 次印刷
开　　本 /	889 毫米 ×1194 毫米　1/32
字　　数 /	138 千字
印　　张 /	9.5
书　　号 /	ISBN 978-7-5496-4523-7
定　　价 /	69.00 元

献给我的家人，我的至爱

目 录
CONTENTS

引言　　1

红毛丹　　7
我和我的头发和解了

杧果　　17
这是一幅自画像

木瓜　　27
请让他记住，我无数次地对他说过"好"

春卷　　35
那是我最后一次为自己的食物感到羞耻

番茄　　43
我想知道她……会不会微笑地关注我的生活

虱目鱼　　49
让我感觉自己仿佛正飞向一个类似家的地方

米饭　　53
一旦你学会了，就再也无法回头

菠萝　　61
我这个春天的孩子终于出生了。他回应了我的呼唤

洋葱　　66
最先发芽的那个就是你的真爱

75　荔枝
在摩天大楼和地铁线之间或静或吵的空间团聚了

80　薄荷
优雅的下巴在人们的凝视中默默咀嚼

85　波罗蜜
我永远不会忘记,我一次次地告诉他,还有整个世界

91　肉桂
站在门口吹它一下,就能给家宅招来丰裕和兴旺

95　苹果香蕉
它们一直都在那里——千千万万的星辰

100　山竹
就像一首至少用四种语言写着"幽灵"的诗篇

105　甘蔗
父母拿着波洛刀为我们开路

112　无花果
我喜欢想象它依然能振翅高飞

117　刨冰
那是一整个星系的感激

125　黑莓
黑色的铃铛,片片绿叶;还有那快活的语言

130　宝宝蕉
那天晚上可能是我们第一次感觉到彼此的手,我们三个人的手

136　草莓
我想真切地记住那抹红色,在充满甜糖与浆果之光的夏日

香草 **147**
它会让你放慢脚步，思考将来以及他人的幸福

桄榔 **157**
她没有最喜欢的颜色，一个也没有

西瓜 **161**
这位老友让我笑个不停，也让我觉得我们还有很长的路要走

黑胡椒 **173**
世上从没有这么小的浆果能激起这般惊雷，引动轰鸣的航船

神秘果 **179**
我们整晚都笑得合不拢嘴，一副芳香、宜人、柔和的模样

苹果 **185**
这是一种病，是我们柔软的腹部上的一处伤疤

皮塔三明治 **189**
我会对着星星默祷，希望母亲平安

碧根果 **194**
枝芽如疆土，鸟巢似王冠，好一个荒唐的坚果王国

土豆 **202**
她做的这道菜总能让整个厨房都散发出辛辣的泥土芬芳

滨库樱桃 **208**
给我母亲一些樱桃吧，弯下来，樱桃树

康科德葡萄 **220**
但那一刻，我感觉还像身处夏天

枫糖浆 **229**
我们正准备迎接一个甜蜜的新季节，口中含着真正的糖

234 **小龙虾**
他们的口音听起来就像一场派对前的停顿,
仿佛是他们口中的一场南方春日盛典

242 **黄油**
我们这两个蹒跚学步的孩子突然对着一粒胡椒嘟起了嘴

250 **意大利烩饭**
那是达斯汀与我之间光芒的闪耀与噼啪作响

259 **椰子**
我的民族永远不会评判你距毛的光滑度或者你羽毛的颜色

264 **华夫饼**
他们现在已离开了这个星球,却在我的脑海里永远年轻

271 **哈啰哈啰**
我嫁给了堪萨斯州最可爱的白人

276 **菲式蛋奶布丁**
你只去做。你用现在的东西去创造新的东西

282 致谢
290 推荐读物与资料
293 美食写作贴士

引 言
INTRODUCTION

有件事必须坦白：我并不真的喜欢蛋糕。噢，但我超爱在聚会上端出蛋糕的时刻——我能看到一双双闪亮的眼睛，伴着欢愉的歌曲，我爱从大拇指上吮掉糖霜。我很喜欢一些和蛋糕沾亲带故的甜点，比如甜果馅饼、华夫饼、松饼、英式乳脂松糕和我心仪的提拉米苏。但我发现蛋糕最让我倾心的还是人们为制作用来庆祝的东西所投入的时间和精力。关键在于制作。英语中的"诗人"（poet）一词源自意为"制作"的希腊语，作为一个写诗并且几十年来都在教人写诗的人，我会把制作的目光投向食物也就不足为奇了。无疑我是真的很爱做蛋糕。撒到我围裙上的面粉，成堆的锅和碗，把蛋糕放到一个漂亮的盘子里——这就是滋养。我坐下来和大家一起分享故事、观点、忧

波罗蜜的夏日回忆

虑和愿望——这就是滋养。我们歌唱和玩味的那段悠闲时光亦是滋养。

最让我回味的,是我们一家人在密西西比州家中的后门廊上吃饭的场景,一只小狗在大家脚边蹭过,指望着借机讨点吃食。我心怀感激地看着年迈的父母围坐在桌旁,恳求他们坐下来放松一下,让我的丈夫达斯汀、儿子们和我来做饭。(我的父母和很多父母一样不知道怎么放松,也不习惯饭来张口。)我也很感激朋友们在我这儿边笑边用力地拍桌子,一直傻笑到天黑。我喜欢让学生们围着我家的火炉吃饭——这也是一种教学方式。我在后院教留学生做果塔饼干,他们只尝一口,那种酥脆、明亮的口感便神奇地演变成面容上甜津津的笑容——不带任何强迫。很明显,我们都在学着取悦自己和他人。

我有两个儿子,一个十四岁,一个十七岁。在他们小时候第一次吃固体食物(香蕉)时,我的心都快跳了出来。他们一口接一大口地吃着,滑腻而香甜的舌尖新体验让他们笑得十分灿烂,也让我欣喜万分。每一天都像一场新的冒险:吃红薯糊吗?"好。"胡萝卜泥?"多来点儿。"豌豆?"好呀,等会儿,稍等一下——咱们得先好好琢磨琢磨这东西。"

引　言

这些食物滋养了我，如今也在滋养着我的至爱们，但我们对它们有什么了解吗？食物是从哪儿来的？之前的人做了什么才能让我把这袋香料放进橱柜，把那个水果放进冰箱？我冰柜里的那条为特殊场合准备的熏干鱼有何来历？还有，杰克逊市的那个朋友的儿子送来的蜂蜜又有着什么秘密呢？

本书内容既包含个人的故事，也包含自然史。如果你愿意，也可以把它当成从食物世界的丰饶馈赠中舀出的一勺佳肴。地球给我们提供了风味奇迹的盛宴，而本书仿若徜徉其间的一次探索。我希望将这奇迹与更多人分享。

我会写下这本书，只因为我是一个热爱自然的诗人。我有一连串的问题，比如，我最喜欢的那些香料来自何处？为什么薄荷会让我联想到母爱？为什么木瓜会让我想到承诺？这些都是我余生要追问的问题。

我写了我的家庭，以让读者看见我们在人世间的生活。毕竟，家不就是你知道什么能滋养你、什么不能滋养你的第一个地方吗？家不就是有人给你做好饭菜时你学会坐着不动、不乱跑乱跳的第一个地方吗？就在不久前，像我这样的故事也仍为人所轻忽。我知道食物可能会让不少人感到焦虑，有时也是其

波罗蜜的夏日回忆

痛苦之源,但那些令人开胃的关爱和食材的源起在哪里,或许,我们讲述的故事会如万花筒般华艳,我想尽力让千百万辛勤劳作的家庭更容易分享这些未曾被讲述又被人忽视的故事。这样,下一代人就可以在成长过程中借由相关的书籍、电视节目或电影来找到自己。我想和你一起咏叹我和亲友的欢聚时刻及我们的回忆,分享我对食物的好奇——它们出自何方,又如何让我们感觉自己联结着一片并不总是爱我们的天地。

我们如何看待食物,是通向我们个人的过往和我们自身的一个入口——最迷人的是,它也为我们提供了一个与他人加深羁绊的机会。关注食物,意味着要察觉它们的气味和汁液、煎炸时的嘶嘶声和滑动的样子。我们细嚼和咂吸,留意所有感官上的体验。吃春卷时发出的噼啪脆响,会让我意识到它的制作者是一个赞许我和母亲的民族的传统之人,会唤起我熟悉的感觉,仿佛那是母亲对我的关怀与照顾。关注食物,也意味着我很可能在参加一个派对时,体验一口爽脆多汁的苹果把我带回纽约州西部的果园之感,我在那儿挑选苹果,刚学会走路的孩子们在我身后蹒跚而行,就像穿着笨重小毛衣的小鸭子,他们那红润的脸颊上还残留着几个小时前吃过的苹果甜甜圈的糖

引 言

霜。我相信,这样的细节足以点亮一条小径,让你找回自己的记忆和养料,以及众人欢聚在你周围的时刻。

在本书中,我也希望你能看到我并不喜欢粉饰过去——很多食物都有一段难以调和的历史,而现今食物的生产也丢弃了可以更加善待地球的方式,这使得我们很难忽视未来极不确定的环境问题。综合审视我们消耗了什么,就会看到为何我们就是自己所食的东西。我们吃的食物可以帮我们成长为更加可口的自己。烹饪无非一次化学反应,是一种从生到熟、从原料到菜肴的转变。这转变中存在着一种美,而不仅仅是结果。从种子到植物,从花朵到果实,从孩子到成人。本书的这些随笔中留存着欢乐的时光,却也铭记着艰难的挣扎——时而甜蜜,时而酸涩。

一切都要从作诗这一制作、创作开始,即使你不认为自己是诗人。你若细嚼食物,我会忍不住露出甜蜜的微笑——除非你正张嘴大嚼(这样的话请先嚼完吧,之后咱们就可以成为朋友了)。甜蜜的微笑是舒缓的,在脸上绽放之前,它早就于内心的某个位置生发了。这意味着至少在那一天、那一个小时、那一分钟,你尝到了我献上的美味世界——你用它滋养了你

波罗蜜的夏日回忆

的身体。它成了我们的养料,因为我们在互相照顾。你那善良而快乐的心一直在跳动,为又一个坐上餐桌的日子而高兴。我的心不外如是。我相信其他人的心也一样,还会有更多的人感受到这种快乐,甚至比我们一生所认识的还要多。这是一场盛宴,也是一次放慢脚步的享受。

来吧——坐到我旁边。

红毛丹
RAMBUTAN

波罗蜜的夏日回忆

在内茨库玛塔尔家族六百多年的历史中,没有一个人参加过中学舞会,所以你可以想象我有多么迫切地想为这个场合选择一个得体的发型。那是十三岁的某天,我在纽约州西部乡村的一所精神病院里洗完澡,用毛巾擦拭身体。不过我不是病人。我母亲是那儿的一名精神科医生,所以在我那至关重要的四年青葱岁月里我们就住在医生宿舍。三栋巨大的砖房连成一排,位于一座山丘之巅,当时那里叫戈万达精神病学中心。洗过澡收拾后,我急着去市中心的公园找我最好的朋友希瑟和萨拉去吃冰激凌,不过我也存着另一个心思:那边也许会有些小伙子。

准备开门前,我对着雾蒙蒙的镜子瞥了自己一眼。什么情

红毛丹

况?我把镜子擦得吱吱呀呀地响,好看得更清楚些。我记得当时都能听到自己的喘息声。我的头发变了样,好像不知怎么用洗发水洗了一下,就爆了!——卷了。打我记事起,或者说开始留心以来,我的头发都只能算是柔和的波浪,且蓬松,现在却切切实实地变卷了。我说的是变成了自然的小卷发。

我难以置信地捋了捋潮湿的卷发。我能做的就是把这一团"乱麻"理顺,让它们自然风干。我想起了20世纪80年代中期所有常见的护发品广告:荧光色的德普牌[①]发胶;印着时髦的红、黄、蓝色块的蒙德里安风格[②]的欧莱雅瓶子;当然,还有澳大利亚产的(极具异域风情的)护发系列,它们有着神秘的紫色,每一款发胶和喷雾闻起来都像酷爱牌[③]的葡萄味饮料。

在马来语中,头发是 *rambut*。有一种水果长着最狂野的卷毛刺,它们从鲜艳的猩红色表皮上发散出来,活像为最怪异的小丑量身定制的红色迷你假发,这种水果的名字就叫 *rambutan*

[①] 德普(DEP),为全美领先的发胶制造商。——编者注
[②] 蒙德里安风格,一种绘画风格,以对比鲜明的色块为特点。——译者注(若无特殊说明,本书脚注均为译者注)
[③] 酷爱(Kool-Aid),一个面向儿童的饮料品牌,有很多水果口味。

波罗蜜的夏日回忆

（红毛丹）——真是再适合它不过了。1912年，人们将它从印度尼西亚引入菲律宾，不久，这些常青的红毛丹树上长出了十二到十五簇果子，让树枝不堪重负。那毛茸茸的红皮里是甜滑的果肉（学名"假种皮"），它们泛着极浅的红晕，几乎是半透明的，闻起来有一股清新的泥土气息，就像在湍急的溪流下寻到的石子。

红毛丹树大约有15到25米高，一年结两次果。核果是椭圆形的，大约是一个5号电池的长度，里面有一颗光滑的深色果核，其油脂可以萃取出来用于烹饪。我一想到红毛丹，脑子里就会冒出弗吉尼亚·伍尔夫的一句话："责备也好，赞美也罢，但不能否认我们心中那匹野马的存在。"

我想，我的头发最能代表我心中的那匹野马了。但我一想到自己一直想要一头金发或直发就觉得难为情，因为那时周围的人都是这种发色或发质，我只想着融入其中。虽然不知道自己能不能听进去，但我还是希望有人能告诉那个年轻的艾梅，尽管在这些小小的乡镇看起来并非如此，但黑发确实是世界上最常见的发色。麦当娜是当年全球最红的流行歌手，在她一举成名时，她将天生的深褐色头发染成了金色，并且在我大半个

红毛丹

青春期里都保持着这个形象,只在她推出专辑《宛如祈祷者》(*Like a Prayer*)的时期短暂回归过深褐色。我还清楚地记得,在她职业生涯可谓最具争议的一条音乐录像带中,她因为留了一头狂野而凌乱的卷发而被很多人背弃,人们甚至发起了抵制百事这个品牌的运动。

  直到我头发变卷的那一天,父母都禁止我使用任何美发产品。我的菲律宾裔母亲也许是想尽力在一个她不理解的青少年世界里对出生在美国的女儿施加一些约束,她总有一些规矩,比如:"到了饭点不能看杂志!""饭后不能打电话!""不能吹泡泡糖!""不能化妆!""不能喷发胶!"但现在我有了一头卷发,我需要做造型去适应它。你没法直接把卷发扯成一个巨大的马尾辫,做不到的。别忘了,那还是20世纪80年代,那时候想处理卷发都得用发胶、摩丝和造型喷雾去揉。上体育课的时候,有些姑娘就会在更衣室里用它们做发型。无论如何,你的刘海必须比你最蓬松的卷发要高。简单来说,如果你在20世纪80年代有一头卷发,那肯定就需要美发产品,必须。我尽快换上衣服,跑下了楼,给正在做早餐的母亲看了看我的头发。但她显然是不会让步的。

波罗蜜的夏日回忆

"但怎么就不行啊,妈妈?"她在切番茄,我不悦地踢了一下木餐桌的腿。

"发胶会让你的头发太干。再过两年你就没头发了。不许再用发胶了!你年纪太小,不能喷发胶!"切,切,切。她把切成丁的番茄塞进了那个在炉子上嘶嘶作响的煎蛋饼里。

我没有让她改变主意,所以只能顶着小蓬蓬头去上学了。下午放学回来后,我会赶在母亲回家之前把10厘米长的精致刘海刷平,让他们恢复原状。我还会在初中女生的卫生间里偷用一些从希瑟那儿拿的免费发胶,她那个巨大的手袋里总会装一些可爱的迷你定型喷雾。

有一段时间,我记得我前面的刘海(也就是耳前的所有头发)被剪成了一片宽大的波浪形,而且发量和整个后脑勺的(耳后的所有头发)一样多。那时我十二岁。梦幻山姆[①]的一位粗枝大叶的女士(她一边抽烟一边给我理发)把我的头发分成了前后两半,前半部分都弄成了刘海,后半部分则是一种怪异的女式的

[①] 梦幻山姆(Fantastic Sam's),美国最大的提供全方位服务的美发沙龙之一。——编者注

红毛丹

胭脂鱼发型。她还教我如何使用卷发棒。"你得把它撸起来,亲爱的。撸起来!"她把我头上的一缕略显潮湿的刘海扭下来夹出了整整7厘米,然后拿出一大罐定型喷雾把头上所有部位都喷了个遍,甚至包括卷发棒。我的头发冒着蒸汽,嘶嘶作响,在头顶开出了一朵小云。也不知为什么,这般景象让我感到很满足。我仔仔细细地看着她的各个动作,将步骤印在脑子里,这样周五晚上和家人一起看《迈阿密风云》[①]的时候我就能如法炮制了。

"天哪,你怎么做头发了?"妹妹坐在我身旁的沙发上吃着小熊软糖,边吃边问道。

"今天是星期五!这是为了以防万一。"我双臂交叉在胸前,叹了口气,觉得她早就该知道为什么。但我们都知道并没有什么"以防万一",甚至没有"可能,只是可能啊"。我当时只有一种满足感,就坐在那里,留着一头高耸又饱满的黑发,尽量不让人看出我其实很喜欢和父母一起看电视,而不是在他

[①]《迈阿密风云》(*Miami Vice*),为1984—1989年间播出的警匪动作剧集。——编者注

波罗蜜的夏日回忆

们的允许下和朋友们去市中心看 PG-13 级①的电影。

没有人会探究红毛丹上的乱发。大家只知道一点,如果你想吃红毛丹,就必须跟那些狂野难驯的毛刺打交道。我想告诉你,有好些年,我都会去吹、去熨、去拉抻我的头发,想把它捋直,但这让我精疲力竭。我每每要花好多个小时,手持镜子检查后脑勺的头发,想知道我应该把它们染成什么颜色才能让它们变得比最深的巧克力棕色更浅。我可以做些什么来防止完全陌生的人问我:"你是谁啊?"我只想让自己看起来更像萨拉、阿梅莉、黛比、斯蒂芬妮、珍妮弗——任何人,除了我自己。

我第一次去印度探望祖母是在一个雨季②。那天她刚洗完澡,和我一起坐在沙发上,我正噘着嘴看书,因为蚊子总来咬我。在那之前,我从未见祖母把头发弄成别的样式,她只会在背后扎一个简单直接的长麻花辫,或者在后脑勺上扎一个短发髻。但那天当她坐在我旁边时,我第一次看到了她的头发是多么耀眼夺目——乌黑丰盈的华丽长卷发被梳整成齐整的卷环。

---

① **PG-13 级**,美国电影协会电影分级制度中的一级,意在提醒家长该影片可能包含不适合十三岁以下儿童观看的内容。
② 六月到九月是印度的雨季(monsoon season)。

红毛丹

我父亲对此只字未提过,即使那天我惊叫连声,又为发胶的事发了好一通长篇大论。从前我都是只从那些用神秘的红、白、蓝三色信封寄给我们的照片中看到这个小个子女人的,我和这个有着浅棕色肤色的女人有着一样的头发。在那之前,我从没见过像我这种发质的人——杂志上的模特没有,学校里的人没有,我几乎完全秃顶的父亲也没有,就连我的母亲也一样,她确实有一头浓密的波浪发,但不是自然的卷发,也没有深色的卷环。甚至我的妹妹(小时候我们偶尔会被人误认为是双胞胎)也没有我这样的头发。我惊讶得说不出话。祖母多半是对我的凝视感到不对劲。

"怎么了?你的嘴都张开了。蚊子太多了?"

我没有回答。"蚊子太多了?"她又问道。

我闭上嘴,摇了摇头。"不是蚊子太多了。你的头发——它、它……好美。"

祖母笑了,这是我唯一一次看到她尴尬的样子。她很快就岔开了话题:"但你的头发也是这样的,不是吗?我们去吃点儿冰激凌吧。今天屋里太热了。"说完她就起身去叫司机,我看到她笑呵呵地整理着自己的青绿色纱丽。

波罗蜜的夏日回忆

我想告诉你,正是在印度的这段时间,我和我的头发和解了,这听起来似乎太容易了。你当然可以说,随着年龄的增长,我的注意力会转向其他方面——房子、丈夫、两个孩子、一只老态龙钟的狗,当然还有我的写作和教学。但只要看到一大碗红毛丹,我就会想起那些野性难驯的纷乱毛刺。我会想起我那安静纤弱的祖母,她总会裹着薄如蝉翼的优雅的纱丽,但到了晚上,她会穿上家居服,把一头长发从紧扎的辫子里解开,让那些发卷从肩上松开,像一条深色的瀑布一样落到背上。如今我年近五十,祖母已不在人世。现在我知道,我的头发就是为了在湿润的空气里随风飘扬的。几年前,我拔掉了直发棒的插头。让什么是美、什么不是美的问题在你后背上得出答案吧。除了祖母那样的深色瀑布,我无法承担更大的重量了。不要马鞍,丢掉挽具。我花了几十年才做到这一点,但现在我欣然接受了这一头深色的野性头发——我的 rambut,像弹簧和线圈一样——它拒绝躺下接受任何熨烫、任何加热。大多数时候它都是一团乱麻,而这对我来说再没有任何问题。它肆无忌惮地奔驰——即使你试图喂它一块脆脆的方糖,它也不会停下。

杧果
MANGO

波罗蜜的夏日回忆

我是一个印度男人和一个菲律宾女人的女儿。自我出生以来，他们一直在争论哪个国家的杧果最甜、最好。两人让我选边，但我多年来都不愿站队，直到现在——阿方索杧果（Alphonso mango），毫无疑问。印度产的。

这是一幅自画像。我读研究生的时候，在一次讨论会上写过一首诗，其中用到了"杧果"这个词。这门课采用的是传统的讨论会模式："诗人朗读完她的诗后保持安静，班上的其他人和教授会讨论这首诗，仿佛她并不在场。她只是默默地记着笔记，面无表情，无论赞不赞同别人的话。"我知道这首诗肯定需要修改——我也觉得自己从来没有完全弄清楚过音节，我很确定标题也应该改一下——但完全没有料到接下来的情况。

杧果

我读完诗后，会上出现了一分钟左右的尴尬的沉默，在这个间隙里没有人想第一个发言。直到有人称，他认为"杧果"这个词应该加个脚注或改成斜体，这样人们才知道它是水果。要解释，要定义。另一个人表示同意，就像很多相似的讨论会一样，紧接着又有其他人表示同意，直到整整三十分钟的讨论时间用完，大家都在谈如何（而不是要不要）在这首诗中谨慎地运用杧果这个词。那一天，再没有其他评论、问题或一点点建议能从那陈腐的空气中脱颖而出。我羞于承认这一点，但我回家后哭了。这是一幅自画像。

但到了下一周，我在第二首诗里加倍使用了杧果这个词。再下一周也是。我从没停过，一直坚持到大约二十年后。

如果你说阿方索杧果是最甜的杧果，那就要面对一个问题——总得为它辩护，若你的母亲是菲律宾人就更是如此了。这种杧果的名字取自果阿邦（Goa）的葡萄牙殖民者阿方索·德阿尔布克尔克（Afonso de Albuquerque），它原产于巴西，但移植到印度沿岸后，阿拉伯海的潮湿空气和土壤的自然酸度造就出了一个新的品种。

杧果这个名字很可能源自我父亲的母语——马拉雅拉姆

波罗蜜的夏日回忆

语[①]中的单词 *manna*。1498年,葡萄牙人来到了喀拉拉邦,当时正值香料贸易的狂热时期,他们就用这个词的变体(manga)来指代杧果。由于杧果对气候和生根的土壤(风土条件)非常敏感,据科学家们估计,仅在印度就有一千多个杧果品种。

我说阿方索杧果是最甜的,但吕宋杧(Carabao)给我留下的回忆最美好,因此请勿苛责(或过分较真)我的评判,若这样说,这对我的菲律宾亲人和朋友来说是否就足够了呢?要知道,吉尼斯世界纪录已将菲律宾杧果列为全球最甜的杧果了。而且,棉兰老岛伊利甘市的一对夫妇种植的杧果还保持着全球最大杧果的纪录,重约3.5公斤,相当于一只小猫的重量。菲律宾杧果已获得如此多赞誉,所以请对我偏爱阿方索杧果的私见……用宽容心来对待吧。这是一幅自画像。

杧果的起源

我的父母自然各执己见:父亲说

[①] 马拉雅拉姆语(Malayalam),印度西南部喀拉拉邦(Kerala)的语言,一种接近泰米尔语的方言。

杧果

有一颗扁平细长的杧果种子从印度漂流而来

恰好登上了菲律宾的海岸。

父亲总说,但凡好东西都从印度而来:

书法上的旋转字体、算术、用最纯的金子

锤打成的戒指和手镯、红辣椒粉,

还有引得数百名海盗疯狂东寻的轻薄绸纱。

但对于杧果

我母亲不以为然。她说她心爱的岛上的

"水果女王"生自一棵树

这树生长的地方有一个叫梅兰加的菲律宾少女

用刀刺穿了自己的心脏。

那姑娘的父母逼迫她嫁给一个

她不爱的人(又一个不幸的朱丽叶)。

这树在隆冬里长得又粗又壮,结出了一打心形的果实,好教我们

永志不忘。

我想起了我的父母——他们拿着刀

破开果实,探入果肉中——手指轻轻地在果皮上飞舞。

国度相异,对这水果的渴求却相同。

波罗蜜的夏日回忆

果肉就像冰凉的蜜饯、用金子纺成的纤维,

在齿间留下甜浆。

为吮吸果核上的每一丝甜蜜纤维

而展开的争夺之战——只会让他们汗湿的手缠结得更紧。

只榨出更多的金汁,讲述真正的故事。

印度的杧果季节会从五月持续到六月,将近六十天。17世纪,西班牙探险家把杧果带到了墨西哥,而杧果引入美国的最早记录可追溯至1833年。如今一部分印度人仍会坚持一种传统,那就是让两棵杧果树结为连理,以作为信任的标志。想要结成友谊的农民们通常会举行仪式,让两棵树(一人一棵)"结婚"。这是永恒友情的甜蜜象征。因为杧果树可以存活几百年,即使在两三百年后也能结出果实。①

在研究生院(那儿的白人同学很喜欢裁定哪些外来词最让他们的耳朵受不了)上完第一年课后,我和妹妹结伴前往印

---

① 印度人对杧果寄予重要的意义,比如会用杧果树枝搭起拱廊表示联结,传达祝福。

杧果

度,和可爱的祖母共度了一段时光。每次坐上她的饭桌,我们都能吃到为我们切好的杧果条,那种橙黄色是一餐中最亮的颜色。若只是随便扫一眼餐厅,你肯定会以为每个餐盘上都栖息着金色的黄鹂。祖母带我们去定制了纱丽,我们无不惊叹于那些布料的美丽。每家服装店都会给我们准备一个不锈钢托盘,上面放着绿色盒装的冰镇弗罗蒂(Frooti),那是户外广告牌和电视广告上经常宣传的当红杧果汁品牌。这是一幅自画像。当姑母们拿出弗罗蒂的时候,你很难再因为炎热而变得暴躁。"弗罗蒂?还要弗罗蒂吗?你热吗?你得喝点儿弗罗蒂!"

怀上第一个儿子的时候,我经常开玩笑说他是四分之一的印度菜、四分之一的菲律宾菜、四分之一的菠萝和四分之一的杧果。之所以做出最后一个评断,是因为我怀他四个月的时候只要一吃杧果,就能立刻感觉到他在我肚子里踢来踢去。我和丈夫曾在马尼拉和亲人们待了一周,此前还去了母亲在吕宋岛①北部老家的小村子。我们想在当地参加新年前夜的欢庆活动,即使这需要我们在乘坐了十六个小时的飞机后还要在与世

---

① 菲律宾首都马尼拉就位于吕宋岛。

波罗蜜的夏日回忆

隔绝的道路上冒险开五个小时的车。无论昼夜,只要吃几块冰镇杧果,我都会觉得肚子里有星光闪过,仿佛一条落入蓄潮池的小鱼。这是一幅自画像。

正是在那儿,达斯汀学会了享受一种美妙的吃杧果乐趣,那就是先抓住珍贵的杧果核,再吸食那微小纤维上的汁液,那是这一黄金果肉中最甜的部分。他会把杧果的厚脸蛋儿从又长又平的果核上切下来,然后顺着果皮把甜甜的果肉一嘬入口。如果杧果还没有被切成丁,我就总是会对怎么吃感到困扰,我的想法矛盾得很,甚至可能会对此有点反感。部分原因也许是我小时候在家里见过父母急不可耐地抢杧果,而我对此直翻白眼,这是我家厨房里罕见的一起嬉笑的时刻。不过我不跟达斯汀争,他倒是高兴极了。我所有的表亲和姨妈都喜欢看到他嘬完杧果核时毫不掩饰的兴奋的神情。他们怎么会不喜欢呢——他们本身就总在不经意间用舌头慢慢舔掉不小心滴到手臂上的杧果汁,一滴都不浪费,这对他们来说司空见惯。我们在餐馆和海滩野餐时都会看到这样的场面。这是一幅自画像。没人想浪费掉一滴。那果汁中的甜味一点都跑不了。

就连时尚界也从杧果中汲取灵感。在印度发展起来的佩斯

杧果

利纹样①最初就是以杧果的形状为基础的。不仅是时尚界。美国人曾经叫嚷着要引进阿方索杧果这一格外特殊的品种,但自2006年以来,由于担心一种小昆虫的虫害,美国只能禁止该品种入境。后来人们找到了处理这些害虫的稳妥方法,哈雷摩托和阿方索杧果之间的交换条件逐渐达成了。布什总统表示,如果印度最终同意让哈雷摩托在其竞争激烈的摩托车市场上销售,他也将准许阿方索杧果在美国销售。后来,阿方索杧果的禁令取消了,这让我父母和数十万计印度移民喜出望外。

食谱作家玛德赫·杰佛里(Madhur Jaffrey)在《纽约时报》上说:"美国将得到这种水果之王,这些印度杰作就像珠宝一样闪闪发光,散发着经过两千年艰难移植后获得的香甜而复杂的风味。"她还说:"我能看到它们抵达了港口——数百个大筐子里都铺着稻草,杧果依偎在中间,就像鸡蛋懒洋洋地躺在窝里。"

我是分裂的;我是破碎的。我不可能变成我想成为的那个

---

① 佩斯利纹样(paisley pattern),一种历史久远的装饰图案,形似杧果,与古印度文化密不可分。

波罗蜜的夏日回忆

模样。想明白了这一点，我就是完整的。若有人告诉我怎样才能取悦那些娇嫩的耳朵，和易碎、敏感又小气的世界，我都会对着他笑，毫不掩饰我有一半的南亚血统、一半的菲律宾血统，以及十足的美国范儿。再也不想隐藏了。我花了四十多年才弄明白这一点（而且还在学习！），但我再也不会掩饰自己是谁。我的朋友们都很爱完整的我，我没有时间去隐藏自己的文化、我的爱和让我快乐的一切，也不想再为那些需要我隐藏这些的人忧心了。

在我学习如何养育和照顾那个仍在我体内成形的小人的时候，我给他"喂"了一些杧果，那是父母带给我的，他们在城郊或土气的美国小镇的杂货店里找到了一些（这让他们非常高兴）。祖辈们还健在的时候，只要我去印度和菲律宾，他们也总会给我杧果吃。

如今我已是两个十几岁男孩儿的妈妈，他们会为了谁能吃果核而争吵不休。我们订购的阿方索杧果明天就会送达，正好赶上小儿子的十三岁生日。杧果永远代表着我初为人母那兴奋的记忆——听到体内的双重心跳，和活动日渐明显的拳头和小脚的声响——是的，就这样，再来些吧。

木瓜
PAWPAW

波罗蜜的夏日回忆

有一种花若是落到手中,或许会让一些人想到圣痕。因为它的花瓣是那种深红色桑格里亚酒①的颜色,或者是你在滑旱冰或骑自行车时不小心摔伤后可能会在膝盖上绽放的血红色。轮子若是滚进路缘石边的沙地里,"嘭"的一声,你的胳膊肘或下巴上就会开出一朵那样的花。这些深色的花朵会在九月结出最像奶油的水果,它们是我花园里最美的深红色之一,仅次于秋葵花。

在肖尼人②的语言中,木瓜一词——*ha'siminikiisfwa*——

---

① 桑格里亚酒(sangria),由葡萄酒加水果和柠檬饮料或白兰地调制而成。
② 肖尼人(Shawnee),北美洲印第安人的一支。

木瓜

指每年九月都可一见的木瓜月,也是《胜利之光》①和大学橄榄球赛②的月份。我的大儿子已经上高中了,大学在我面前又一次若隐若现。他考上大学的话,那我们的孩子很有可能要第一次离家超过一个周末。他的那间卧室曾经充斥着乐高积木的咔嗒声和物品掉到硬木地板上的脆响,他离开后,则会寂静无声,突然变得空空荡荡,宛如停止了尖叫的干枯的嘴。

传说木瓜是乔治·华盛顿最喜欢的甜点之一,我想知道是他豢养的哪个奴隶第一个把木瓜切开,舀出种子,满足了这个在睡梦中构想出全副武装战略之人的口腹之欲。那个奴隶又会梦到什么呢?他会偶尔想起梦中的那抹深红色吗?那是一个幸福的梦,还是一个让他惊出一身冷汗的梦?

我和老友罗斯相识近二十年,他每年至少都要问我一次:知不知道木瓜是什么啊。"知道啊。"我告诉他——一开始那几年,我都是和颜悦色地回复他,但后来就连自己都能听出我

---

① 《胜利之光》(*Friday Night Lights*),为2006—2011年间播出的剧集,讲述一支高中橄榄球队在1988赛季比赛的真实故事。该剧的播出时间一般是九、十月。
② 美国大学橄榄球赛事一般始于每年九月。

波罗蜜的夏日回忆

的声调变得更高了,之后的每一次他再问,我都会有点儿不耐烦。"我当然知道木瓜啦,在俄亥俄州读高中和大学的时候就知道了!"1999年,就在我即将从那儿的研究生院毕业之前,阿森斯①还举办了一次规模宏大的木瓜节。罗斯总喜欢跟我说木瓜叫印第安纳香蕉,即便我们都知道木瓜有很多名字:野香蕉、草原香蕉、西弗吉尼亚香蕉、堪萨斯香蕉、肯塔基香蕉、密歇根香蕉、密苏里香蕉、穷人香蕉、奥沙克(Ozark)香蕉和泡泡果(banango)。我的小儿子小时候还常叫它"蛋奶沙司杯"。

几年前,我的自然散文集被印第安纳人文机构②的"一州一故事"项目选中。他们邀我去印第安纳大学布卢明顿分校,罗斯就在那儿任教,他是我这次活动的对话搭档,我很兴奋。在面对亲切又专心的听众交谈之前,罗斯给了我一些当天早上从他家后院摘的木瓜。他说想让我当着大家的面吃一块,因为他知道这场活动几乎不怎么正式,但看到我一身教授范儿地出现在活动现场后,他又打消了这个主意。我当时穿了一条新买的

---

① 阿森斯(Athens),位于美国俄亥俄州东南部,是一座历史悠久的大学城。
② 印第安纳人文机构(Indiana Humanities),一家致力于推动公共人文事业的印第安纳州非营利机构,鼓励人们思考、阅读和交流。——编者注

木瓜

青色连衣裙和一双粉色的金属系带凉鞋。他虽想取笑我,但也知道我有自己的底线。如果我在观众面前吃下一个,那肯定会在座无虚席的礼堂上把传说中的木瓜汁——好似混合着香蕉、杧果和焦香蜂蜜的金色浆液——滴得满下巴都是。

木瓜花在植物学界有"完美之花"之名,这是因为木瓜的每朵花都有雌雄结构,既有雄蕊,也有雌蕊。木瓜不是由蜜蜂授粉的,但需要另一棵树的花粉才能发育成果实。所以你若想种一棵木瓜树,那至少还得再种一棵(最好再种两棵),相距不能超过3米。木瓜树是我们在新家种植的第一批树,其中两棵还是我们在疫情肆虐时买的。

有了一个小院子以及两个正在长大的儿子之后,我的丈夫一直很想找到一个有1英亩[①]土地的地方,那里最好有一个长着老树的院子,里面有足够的位置栽种新树;有让人跑动和投掷棒球的空间;还能容纳一个花园。木瓜树是一种林下层树木,这意味着它幼年时习惯在其他树木凉爽的树荫下生长。一旦成熟一些,它们就可以在充足的阳光下茁壮成长了。

---

① 1英亩≈4 050平方米。

波罗蜜的夏日回忆

我告诉罗斯,我刚买了两棵新木瓜树,他很高兴。我知道可能还需要五年(左右也就差个大学橄榄球赛季的时间)才能让一朵深红色的花结出一颗硕果。罗斯依旧没有掩饰他那富有感染力的热情,他跟我说,要把我俩的树移栽到一起,创造一个新品种。它们一棵是印第安纳州的,一棵是密西西比州的,那我们该怎么称呼这一新品种呢?印第西比?密西安纳?我们给彼此起的外号是蝾螈和搞笑扁豆。那么新品种就叫"蝾螈扁豆树"?

有段日子,我的父母说他们在佛罗里达家中的后院花园里无所事事。我非常想念他们,很喜欢给他们寄我的所谓让人幸福的邮件,比如我儿子们寄来的关于入学后那一周吃了什么的明信片、花园里的一顶新遮阳帽、一些日本造的漂亮指甲刀。有一次,我在网上发现一户人家在卖木瓜,那些木瓜都被装在一个垫着麦秆的盒子里:"新鲜的木瓜。1斤,果核还可以保存,能播种。"我知道其中一半的木瓜在送达时肯定会变黑和过熟,但我并不担心。因为木瓜不像熟透的香蕉那样又甜又黏,就算变黑了,你也可以把它们放进冰箱里冷藏几个小时,然后舀一勺出来,咬一口酸爽的蛋奶沙司。它会让你一惊的,那种滋味

木瓜

就像夏末的阳光——你能看到新学年第一个明媚的午后，斑驳的阳光洒在心爱的人脸上。

我的儿子们还没有毕业。他们还是会沉迷参与体育运动，投身于俱乐部和教会的青年团体里。我们会小心限制他们的课外活动数量，免得让自己像专职司机一样开车满城跑接送他们。我们依然可以在家中相互陪伴，可以一起坐在后门廊上看书，直到他们中的某个打起瞌睡。汗津津的头发——散发着清香的脑袋就靠在我的肩头。如果你身边有在上学的孩子，就会知道他们一开始闻起来都有点橡皮和刚削过的铅笔的味道，也可能是一种强烈的毡头笔的气味，有时会让你忍不住闭气掩鼻。也许你还记得，有那么一年你带着大儿子去买文具，他挑的所有东西都是蓝色或青绿色的，因为他很可能知道这是你最喜欢的颜色，这意味着只要是蓝色的东西你都有可能给他买下来：一个有蓝色星星和太阳系图案的背包、一个蓝色铅笔盒、几个蓝色文件夹、一个印着木瓜色条纹的蓝色午餐包。但他还想要一些小瓶的蓝色亮片、蓝色胶水、带有四种深浅不一的蓝色的鲜艳毡头笔。不知道为什么，他还想要一些蓝色图钉和蓝色便利贴，尽管他那时只有六岁，根本不知道它们有什么用。

波罗蜜的夏日回忆

啊,让我穿越回那些甜蜜的岁月吧,让我对他多说一些"好"吧。尤其是在一些小事物上:收银台边上的一包巧克力豆,或者一个迷你手电筒。啊,请别让他对我说了几百次的"不行"心怀怨恨。请让他记住,在他上学、放学的路上,我无数次地对他说过"好"。也许在多年后的一个九月的周末,他第一次从大学回到家时,我们会有最早的木瓜可摘。那深色的花朵定会在我们的后院结出凝脂月实。我知道我会很高兴,因为我们又是四个人了——四个,四个,四人又团聚了。他的房间会再次有声音,被塞满东西,哪怕他只在周末回来。啊,如果他在九月回家,当甜美的木瓜在如心一般的俄亥俄州挂满树梢,在印第安纳州,在南、北卡罗来纳州,漫过草地茂盛的肯塔基和弗吉尼亚,闯入密苏里、阿肯色,缠绕北密西西比和阿拉巴马北境的翠绿植被蜿蜒而行,最终在田纳西的千山回环中盘绕——

我保证会让他吃第一口。

春卷
LUMPIA

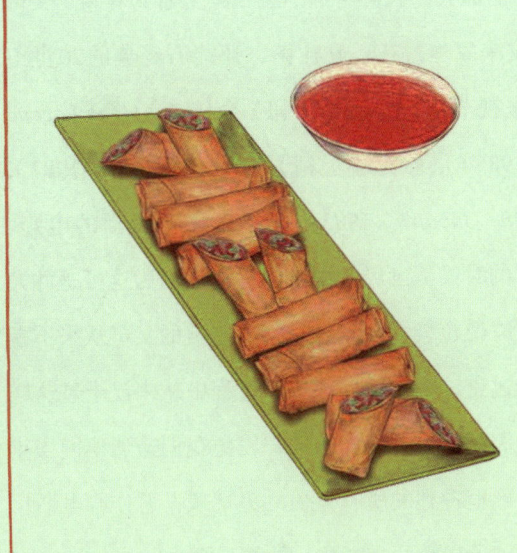

波罗蜜的夏日回忆

十四岁生日的那天,我甚至都不想在桌上看到春卷。父母说我可以让朋友来家里过夜,吃比萨,还能看经典的20世纪80年代的有线电视节目,比如《比利·金传奇》(*The Legend of Billie Jean*,1985),《捉鬼小灵精》(*The Lost Boys*,1987),《七宝奇谋》(*The Goonies*,1985)这类在HBO热播的电影。我那天打扫屋子的时候就已经笑得合不拢嘴。因为这可是件大事——事实上可以说超级大。我这对移民来美的父母从来不喜欢我在别人家里过夜,因为他们在成长过程中从来没干过这样的事。我心知他们是想保护我和妹妹,以免我们遭遇他们当年在情景喜剧和电影里看到的所有可怕的鬼把戏:恶作剧电话!偷偷溜出去见男孩子!给耳朵穿孔!抽烟喝酒!

春卷

这不是一篇让人尴尬、羞愧的文章。

十四岁那一年我就想要两样东西：粉黑相间的英国骑士牌（British Knights）高帮鞋和红色三角瓶装的丽诗加邦牌（Liz Claiborne）香水。在我节俭的父母看来，这两个愿望花费之多，要实现它们简直是异想天开。他们给我们的零用钱实在不多，想要拥有花哨的高帮鞋和初中女生专属的香水，没门儿！可要知道，在20世纪80年代末，这两样东西的广告一直在不停播放，我甚至用彩色铅笔勾勒出了自己对它们的渴望，睡前还把这些精心绘制的图画留在了餐厅的桌子上。

然而，即便在十四岁生日那天没有收到一份礼物，我也已经感到非常幸运了。父母都下了班，也无须随时待命（随时待命通常意味着他们在拿出蛋糕和礼物之前就要赶回医院，处理病人的紧急状况，直到凌晨才能回家）。当年我和妹妹的房间是紧挨着的，我很喜欢这样，我们共享着一堵墙，可以用我们自己的姐妹摩斯密码拍，拍，拍，而不是大声说晚安，以免吵醒父母。那时我不能再要求更多了。

波罗蜜的夏日回忆

这不是一篇让人难为情的文章。

这天,我邀请朋友来家里开生日睡衣派对。这次睡衣派对足够特别,其中一个原因就是我们会住在精神病院的院子里,就在患者使用的棒球场旁边。我父母都不敢相信我朋友的父母会让他们的孩子在外过夜。但就像我朋友所说:"艾梅,我父母说这是镇上最安全的地方!到处都是安保车和摄像头!"

另一个原因就是到时会有比萨。确切地说是卡波齐比萨店(Capozzi's Pizzeria)的比萨,那儿是城里最好的比萨店,那标志性的粗厚又辛辣的意大利香肠片散落在面饼各处,几乎每张比萨都会被烤得半焦。城里的青少年都喜欢这家的比萨。

我不知道的是,妈妈前一天晚上已经包了36个春卷。那是菲律宾人常吃的一种油炸手抓食品,里面会包上鸡肉或牛肉末、胡萝卜和青豆。为了加点甜味儿,妈妈还放了葡萄干。上海春卷与之稍有不同,它们包得更薄、更小,里面是猪肉末、蔬菜、蒜丁和葱末。

包春卷需要把馅料包进饼皮里,折成一个小卷。那个卷比我的拇指略粗。包好后把这些卷炸得金黄酥脆,吃的时候,一

春卷

般还要配上点甜辣酱蘸着吃。虽然我非常喜欢这种派对食物，但我还是告诉妈妈别弄了，我们的派对不需要春卷。比萨、蛋糕、薯条和两升汽水对我们来说就够了，吃完我们还准备用剩下的时间来编舞，别忘了——"你可答应了要给我们一些空间的！""一场没有春卷的派对！"就是她惊讶的回答。"不行，那可行不通。不行。必须要有春卷！"

事实上，于我而言，春卷一直是聚会和派对的同义词。我一直是这么想的，在我能说出一句完整的话之前就这么想了。因为在好多张老照片里，我都用胖乎乎的拳头握着一个春卷。只要有人端来一盘春卷，你就知道这是一场真正的派对了。十二月的那个生日雪夜，我的朋友们陆续赶到。妈妈拿出煎锅，加热菜籽油，准备炸春卷了。我还记得我接过朋友的外套把它们放进衣橱时，想让自己也躲进那里不出来了。我的朋友们没有一个人在生日时吃春卷。尽管它仍然是我最喜欢的手抓食物之一，但我只想过一个和其他人一样的生日。而我理应知道，一个十四岁的孩子在精神病院举办生日聚会，这意味着我永远不可能和其他人一样，所以假装一样是没有意义的。一口接一口，那天晚上我和朋友们吃了一个又一个春卷。我本该知

波罗蜜的夏日回忆

道这一点的,本该自己想明白的。

这是一篇回忆儿时欢聚时刻的美食随笔。

在他加禄语①中,代表春卷的词是 *lumpiang sariwa*,对应英文里的 fresh spring roll。我知道怎样将馅料包进可丽饼式的薄米粉皮里。只需让指尖在小碗中蘸一点水,然后用湿手指沿着V形封口边缘抹一圈。接着再蘸水把封口上缘捏一下,以免它在滚油中爆开——那就像一颗星星在炙热的煎锅夜空里爆炸。

有件事曾让我时常觉得难堪,那就是我不知如何精确地配制馅料,尽管我试了好多次,想让它像我母亲做的那般甜美可口、像母亲那样将配料切得精细均匀(她从来没用过加工食品的器械,也不想用)。但我丈夫把我母亲的厨艺学得最透,无人能比,我也为此感到十分高兴。他会在我有点想妈妈的时候给我做春卷,当我们全家需要一些暖心的饭菜时也是一样,那通常都发生在严冬时候。

---

① 他加禄语(Tagalog),通行于菲律宾的语言。

春卷

我上二年级之前住在芝加哥,那时父母的菲律宾朋友和邻居经常过来聚餐。孩子们会欢快地跑到铺着绒毛地毯的地下室跳舞和玩耍。我记得我会跑上毛茸茸的楼梯去拿补给——春卷,一手一个——然后又跑回地下,生怕错过抓人或鬼抓人游戏①里的下一步谋划。当年,像亚美利加乐队(America)的《你是魔法师》(*You Can Do magic*)或火瀑乐队(Firefall)的《你是女人》(*You are the Woman*)这样的歌曲总能引爆聚会的气氛,大人们很快就会叫我们过去,在他们面前跳舞。很不幸,有个菲律宾孩子并不想跳舞,而且根本不喜欢跳舞。

那是我最珍爱的童年时刻。我表演着尚不成熟的舞蹈,肚子里装着极度的快乐和紧张,两只手还各拿一个春卷,记忆中的那个小姑娘仿佛挥动着小小的指挥棒。歌曲一结束,周围便会爆发出掌声,然后我就狼吞虎咽地大嚼起春卷来。为什么十四岁时的我会不知不觉地忘了那种让我十分快乐的感受和那些舞蹈呢?

---

① 鬼抓人游戏的玩法是由一两个玩家扮鬼,藏在指定区域的任意位置,其他人的任务就是找到鬼,然后喊出"鬼在墓地"。鬼被发现后要出击抓捕所有未逃回安全位置的玩家。

波罗蜜的夏日回忆

我对父母有不少愧疚,春卷是其中之一。我曾经为我们家的食物感到难堪。我的一些朋友确实尝了这种新食物——他们大多是第一次尝试——甚至吃光了自己那一份。有人说:"厨艺真好,帕斯医生!"也有两个人一口都不想尝,简直像要对着我妈妈精心地在盘子里叠成的那个漂亮金字塔嗤之以鼻。那一瞬间我生气了,我不想因为桌上除了比萨、薯条和蘸酱外还有一盘春卷而道歉,我想到了妈妈从繁忙的工作日程和对假期的准备工作中为我抽出时间,温柔地切胡萝卜和豆子的情景。我记得很清楚,因为那是我最后一次为自己的食物感到羞耻。因为看到那些被我视为好友的人甚至都不愿尝试一下我母亲那么用心地亲手做的食物,这反而让我生出了自豪感。我记得那天自己只吃了一块比萨,接下来吃的都是春卷。

即使在今天,母亲只要听说我们要去佛罗里达看望她和父亲,还是会亲手切碎馅料要用的所有配菜,因为她知道我们都希望能吃上一顿一大盘春卷。她的外孙们喜欢这种酥脆的口感。她那个堪萨斯州的女婿喜欢这种口感。最重要的是,她的大女儿也喜欢这种口感——我突然感知到,那个片刻最接近我六岁时的感觉,那时满屋子的大人都在鼓掌,我跳着舞,转着圈,一手一个小春卷。

番茄
TOMATO

波罗蜜的夏日回忆

有没有一种蔬菜比土里种的番茄在阳光下长熟后的味道更好呢?我不知道。但我知道,只要看一看我父亲以前用带超8毫米胶片的摄像机拍的家庭录影,我几乎就能召唤出那种滋味。在我看来,番茄是我的第一份感官记忆。小时候的一部录影带无疑很有助于放大我的这份记忆。

我父母最喜欢的一部和我有关的家庭录影带是20世纪70年代他们在芝加哥郊区的家里拍的。那时我大概只有两三岁。我跟在母亲身后,试图引起她的注意,而她正在清理花园里的杂草。画面一切换,可以看到母亲终于转向了我,我摇摇晃晃地走过来,衣兜里多了几颗绿色的番茄。我笑着,且十分自豪,就像妈妈一样。显然,她当时还没有像今天这样发现青番

番茄

茄的美味,此时我几乎可以听到妈妈用他加禄语讲话的逗趣声,但能怪我吗?那天,我肯定整个上午都在看她摘红番茄。打我记事起,我就想像妈妈一样,有一头乌黑光亮的波浪卷发,穿时髦的衣服,甚至在花园里干活时也要这副打扮。这个花园是他们在一个新国家的第一个花园,岁月在她面前无限延展。在这个花园里,有一个疑问是摄像机没有拍到的:她什么时候才能与远在菲律宾的家人重逢?

16世纪,西班牙人把番茄带到了菲律宾,葡萄牙人把番茄带到了印度,我——一个南亚菲律宾人——于2020年在密西西比州北部种植了我家的第一批番茄植株。那一年,与千百万人一样,我们也开始以一种前所未有的关注度来照料我们的花园。[①]我们在家里的时间变得更多了,所以不会再错过浇水的日子,也找不到让蔬菜干死的借口了。自从我和丈夫在纽约州西部第一次约会以来,我们就一直在一起干园艺活儿,但这次要面对的是一个全新的植物耐寒带[②],那是我们在密西西比州的

---

① 该时期的人们因为新冠疫情不方便出门。
② 美国农业部根据国内各生长区的年平均极端最低温度划定了不同的植物耐寒带,以供农业从业者参考。

波罗蜜的夏日回忆

第一个菜园。

人们对番茄的恐惧可以追溯到几百年前。中世纪人认为番茄有毒,但那只是因为他们经常用锡镴盘吃番茄,这种盘子会浸出铅。1883年,杂技演员约翰·里奇(John Ritchie)的一次演出未能取悦观众,人们便向他投掷番茄,逼得他在这场"完美的番茄雨"中逃离了剧院,这件事在当时家喻户晓。记得在我小时候,一些有趣又炫目的海报总会大呼:"国家一片混乱——没有什么能阻止这场番茄的袭击了吗?"这是电影《杀人番茄》(*Attack of the Killer Tomatoes*,1978)的宣传语,影片中的番茄潜伏在角落和游泳池里,只等着伤害地球上的民众。

根据吉尼斯世界纪录,有史以来最大的番茄植株生长于艾波卡特中心[①]。在2010年死亡之前,它共产出了32 000多个番茄,总重量超过了900斤。园丁们会像修剪一棵树一样修剪它,它的茎光秃秃的,没有匍匐茎[②]和叶子,由枝和果组成的伞高达6米。

[①] 艾波卡特中心(Epcot Center),位于佛罗里达州的迪士尼主题乐园。
[②] 匍匐茎,沿地平方向生长的茎。

番茄

美食作家和厨师们都说番茄能最充分地呈现鲜味,因为它那开胃香甜的味道源自其含量较高的酸。酱油和鱼露都是鲜味极浓的调味料,所以它们能和番茄形成美味的搭配也就不足为奇了。

对于我的母亲来说,有一颗种子已经在她心中种下了。花园是某种庇护所,或许能约束她,让她暂时放下对家人的思念去想想其他事情。她那身材娇小的母亲——我的外婆费莉帕——定格在了我家客厅的相框里,带着永远都温柔的微笑。在我刚刚那段院子里的录影带拍摄出来时,她已离世三年了。我母亲在芝加哥的一个严冬里生下我一个月后就失去了她。

我觉得外婆的幽灵仍然会漂洋过海来看她的外孙女。如今已经四十九年过去了,她的外孙女会端详她遇到的每一位菲律宾老妇人的脸,只为寻找一种甜蜜、温驯的笑容,就像照片里的一样。

我写了这首"番茄之歌",把它献给我的外婆,我想知道她会不会惊讶,会不会微笑地关注我的生活,关注我和丈夫做了什么,我在自己的花园里又做了什么。她那小巧的低跟鞋踩在庭院里的石头上会发出什么样的声音?那些脚步声会

波罗蜜的夏日回忆

应和鸟儿的水盆里的泡泡声吗？她那远在大洋彼岸菲律宾的鸡蛋花树又能否理解这首番茄之歌的意义？或者，我的想法不过是一次笑谈，外婆她太累了，已无力请我母亲来翻译，她或许只会留下一个倦极的轻笑，一边拍着我的手，一边把我的手贴向她的苍颊，这样就可以轻嗅到她从不知道如何栽培的番茄的味道了。

虱目鱼
BANGUS

波罗蜜的夏日回忆

菲律宾的虱目鱼早餐真是太好吃了,要多强调几遍。虱目鱼(俗称"牛奶鱼")的学名是遮目鱼(*Chanos chanos*)——我最喜欢的叠字名之一,它的属和种是同一个词。还有一些叠字名的生物也很讨人喜欢,比如短尾毛丝鼠(*Chinchilla chinchilla*)、负子蟾(*Pipa pipa*)、赤狐(*Vulpes vulpes*),我甚至在爱琴海里的牛眼鲷(*Boops boops*)群中游过泳。

虱目鱼是菲律宾的国鱼。它们有美丽的银色胸鳍,白皙的肚子,一双大眼睛可以寻到藻类和摇摆的无脊椎动物来果腹,哪怕在昏暗的珊瑚礁里也目光如炬。它们的平均长度约为38厘米,几乎相当于保龄球瓶的高度。当受到惊吓或需要躲避捕食者时,虱目鱼就会跳出水面,"飞起来"。

虱目鱼

我很喜欢的一种烹饪虱目鱼的方法是把鱼放在姜醋汁里腌一下，然后油炸。菲式早餐对我来说就是虱目鱼、蒜蓉炒饭，再加一个溏心煎蛋。这就是虱目鱼早餐！不要忘了在旁边备一些撒过盐和胡椒的番茄丁。主菜吃完了，谈话仍在继续，到了甜点时间——切片的杧果或一些核果类水果足矣。可以说，这种早餐就代表着我和母亲同住一个屋檐下的那些年。如今我们不住在一起了，我有了自己的家庭，却更加珍惜与父母在早餐桌边共度的时光。尽管在我的世界里，妈妈不再与我共进菲式早餐，但有一些爱我内心那个菲律宾人的人和我一起围坐在桌旁。跟他们在一起，我永远不用克制自己，只管拍桌子放声大笑。在手机上看到他们的名字或收到他们寄来的明信片时，我都会高兴地跳起来。他们是最先收到我婚礼请柬的人，是第一批购买我新书的人，是得知我怀孕后就立刻给我肚里的孩子送来贴心礼物的人。他们是在我崩溃时第一个打来电话的人，是我工作的驱动力，是对我不离不弃的人。菲式早餐就是桌面上的一场派对，是我离开饭桌后仍能在心中涌起的欢愉。我的朋友约瑟夫说虱目鱼有烟熏味，肥美，鱼身上易剥落的淡油脂会融化成浓郁的鲜香。十三岁的西姆斯是我在密西西比州杰克逊

波罗蜜的夏日回忆

市的饕客朋友,他也说虱目鱼是带着烟熏味的、咸咸的、柴柴的、淡淡的金色脆片,与腌番茄和米饭绝配。

虱目鱼的肉确实有烟熏味,像是被略微腌制过。用平底锅煎炸之后,入口一嚼,它就会发出令人垂涎的嘎吱声,然后你才会吃到那易剥落的白色肉片。每当我吃虱目鱼,都感觉像在密西西比河三角洲的上空飞翔,道声早安就飞越了墨西哥湾,进入太平洋后突然俯冲到了菲律宾海,又掠过菲律宾北部博利瑙海岸附近的中国海。我菲律宾的哥哥在博利瑙海岸跟人合伙做过虱目鱼生意,经营一家水产养殖场,有好多鱼塘。虱目鱼让我感觉自己仿佛正飞向一个类似家的地方。那些被从鱼塘里放生出来的大虱目鱼或许也在附近的某个地方飞翔着,只是在等着我去看望它们,等着我去试试它们的翅膀。

米饭
RICE

波罗蜜的夏日回忆

六年级时,我和朋友们都想要一罐自己的橡胶黏合剂,但除了老师,我们认识的人都没有。由于课业项目需要,我们都得准备一瓶可以滴的白胶水,或者那种差一点的、装在塑料罐里的艾默思(Elmer's)牌糨糊。使用它时,你必须用附在盖子上的黏糊糊的塑料抹刀从里面刮下厚厚的一层。这种糨糊总是干得很快,所以几乎所有需要粘贴纸张的项目都会隐藏若干个糨糊团,就像有几只仓鼠因为过于喜欢摊开的糨糊而被困在了垫子下。

那时候,向我的父母索要清单上没有的学习用品是不可能的,他们认为学习用品本身是多余的存在。"我们有笔!你看,我还有些上班用的笔记本!对我来说够好了,对你来说也够好

米饭

了!"我并不是不喜欢用免费的东西,但他们不明白,我不愿用它们是因为医院提供的免费钢笔和笔记本上都印着显眼的处方药名称。因为我妈妈是一名精神科医生,我的学习用品上印着的都是百忧解、氟哌啶醇和丙戊酸钠这样的字眼。我多么渴望有一支好用的法国的比克(BIC)牌或比百美(Paper Mate)牌的笔,又或者笔中的佼佼者四色笔,它有红、黑、蓝和绿四种颜色,只需按一下按钮就可以选想要的颜色,看起来奢侈极了。每次我对父母从单位带回家的免费办公文具感到难堪时,母亲就会大声对我说:"你要是不喜欢,那就只能用米饭了!"

"用米饭"可不是一个比喻,真就是字面上的意思——母亲喜欢用菲律宾的故事来安慰我,说他们小时候要买的东西在他们省的杂货店里基本都能买到,唯独没有粘信封或包装纸的胶水。他们会直接用煮熟的米饭粒,用手指把它们按成稀糊状去粘纸。瞬间,我觉得我的百忧解笔记本看起来没那么糟糕了!

这种糨糊出了名的坚固——从某种程度上说,中国的长城都是用糯米粘起来的。在修建长城时,古代的苦力们会将熟石灰和糯米浆、沙石混合,制成黏合长城砖石的砂浆。但水稻是一种非常需要水分的作物,每5 000升水才能产出大约1公

波罗蜜的夏日回忆

斤的大米。在美国,大多数水稻都种植在密西西比州、阿肯色州、加利福尼亚州、路易斯安那州、密苏里州和得克萨斯州的家庭农场。

根据煮熟后的米粒的长宽差异,大米可以分为三种。其中,长粒米煮熟后的长度是宽度的4倍多。米粒之间会保持分离的状态,很松软。我最喜欢的泰国香米(jasmine rice)和巴斯马蒂香米(basmati rice)就是长粒米。中粒米短而宽,煮熟后略微黏稠,比如意大利米(arborio rice)。寿司米(sushi rice)是典型的短粒米,米粒的长度大约是宽度的2倍,这使得它煮熟后的口感十分黏稠,为三者之最。世界上有4万多个水稻品种,除南极洲外,各大洲都种植水稻。一个美国人每年吃掉的大米超过11公斤。这听起来似乎很多,但与世界其他地区相比其实算不了什么。根据美国稻米生产者协会的数据,在亚洲,每年的人均大米食用量高达136公斤,阿联酋每年的人均大米食用量为204公斤。而另一边,法国人几乎不吃大米——每年的人均食用量只有4.5公斤。

巴拿威梯田是菲律宾列名世界遗产的景点之一,梯田十分壮观,就像通往云端的翡翠楼梯——这也映照了米饭之于菲律

米饭

宾的重要性，它是菲律宾人饭桌上的主食，被奉为天赐之物。水稻的适应性很强，容易种植（只要有充足的水源），产量极高——仅一颗种子就能产出3 000多粒稻谷。在我小时候，妈妈教我用的第一件电器就是电饭煲，它在菲律宾是各家各户必备的用品。妈妈心情特别好的时候，我常能听到她在厨房里一边做饭，一边唱着一首著名的菲律宾童谣：

> 种稻从来不好玩，从早弯腰到傍晚；
> 不能站也不能坐，休息一会儿都是错。
> 噢，我的背要断喽；噢，我的骨头湿漉漉得疼哦，
> 还有我泡在水里的腿也站麻喽。

> 太阳开始破晓时，你就要琢磨啥好吃；
> 周边到处是泥泞，何处能找到活计和美食？
> 贫穷痛苦实难忍哦。
> 做人可真不能懒惰，不然真会一无所获。

讽刺的是，这首童谣总会让人想到种植水稻这种体力劳动

波罗蜜的夏日回忆

有多么乏味,以至于能毁掉一个人的身体。母亲开心的时候多半是在家给我们唱歌和做饭,而不是在医院待命。

真是奇怪啊。在工作日,每当我在厨房里感到有点心烦的时候,总会想起她。她真的总让我感到,除了在厨房里为我们做饭,她似乎什么都不想做。我想帮她的时候,她总会把我支出去,让我出去玩,去做作业,或者去休息。如今我也成为母亲。上完一天的课后回到家几乎就不想做饭了,在丈夫不上课的日子里,我会和他轮流做饭。其实,我们的工作压力远没有我母亲当年的大,要知道在工作中精神病患们经常向她展现敌对情绪。因此她的豁达与乐观更显得非比寻常。

如果离得足够近,我常能听到她的那首种稻歌。那时我可能就在隔壁房间看电视,虽然不好意思承认,但当下我心里的怒火会越烧越旺,因为她的歌声明显把动画片《史酷比》(*Scooby-Doo*)和《战神金刚》(*Voltron*)的声音盖过去了。但让我震惊的是,她会用欢快的音调唱出悲伤的歌。她本可以休息,不必为了做春卷去切菜,或者给我们做鸡肉阿斗波①,却忙

---

① 阿斗波(adobo),一种菲律宾国民级炖菜。

米饭

着累着,还能快乐地唱着这种歌。这是为什么呢?

在我还是个小姑娘的时候,母亲就把淘米的活儿交给我了,先用我外婆费莉帕教给她的无名指量水法测一下水的深度,然后把内胆放进电饭煲里。每次我在自家的厨房里淘米量水时都能听到她大喊"*Magsaing ka na*!"(现在可以煮饭了),和我十几岁在家里时一样。每个菲律宾人都知道这个简单的方法,它能确定煮饭所需的完美水量。一旦你学会了,就再也无法回头。

指尖垂直向锅里探,碰到米后再加点水,直到水涨到无名指的第一个指节。第一次学习时我总觉得靠不住,但妈妈说:"相信我——这个办法我们用了不知多少年了。"我以为每个人的手都不是一般大的,这个方法看起来存在很多问题。但事实证明,每个人的无名指指尖到第一个指节的距离基本都是一样的。这个无名指量水法怎么会这么管用?即便你用的是你最喜欢的煮饭锅,米的顶部和第一个指节之间的水量永远是一样的。

我小时候认识的人几乎都是我的菲律宾亲戚,但我现在的核心圈子是我的老友。我们都喜欢做饭。虽然小时候我们像是散落在全国各地——洛杉矶、俄勒冈、新泽西、弗吉尼亚、俄

波罗蜜的夏日回忆

亥俄——的大米,却都知道这种手指量水法。老友们的孩子喜欢相互敬酒,经常一起聚餐,而且几乎每顿都要吃米饭。这也是我们会选择的家庭团聚方式,因为它让我们感觉安心、熟悉、舒服自在。但我也总有种感受,教给我们煮饭方法的父母在还没有我的世界里肯定也曾是很好的伴侣,他们会一起大笑,鼓掌,一个人讲了个特别有趣的笑话,另一个就笑得直拍桌子。在我梦中幻想的这张桌子上,我敢打赌,一定会有几碗整整齐齐堆起的米饭——它们煮得刚刚好,不会太黏,也不会太干——它们被盛在漂亮的瓷碗里,依旧热气腾腾的,那热气宛如云团,飘向了空中。

菠萝
PINEAPPLE

波罗蜜的夏日回忆

春天带来了新生命的爆发性繁荣,其中自然也包括菠萝和蜂鸟。它们分布于世界上的大部分地区。在夏威夷的瓦胡岛上,红色的卡因菠萝(cayenne pineapple)已然成熟,露出了它们标志性的金色果肉。临近采摘之时,这些甜蜜的菠萝就会发出黯淡的、几近于白色的光。蜂鸟遍及美国各州,除了夏威夷——它们那小巧的翅膀不足以支撑自己飞到那片遥远的群岛,也无法使其在强劲的海风中生存。即使蜂鸟能够在跨洋的长途飞行中存活下来,它们也会被明令禁止进入夏威夷州,因为它们会给菠萝授粉,使得果肉里布满鹅卵石一样的种子,导致菠萝滞销。

在我怀着大儿子的时候,预产期过了整整两周都没动静。那

菠萝

是五月的下旬，草莓都已饱满成熟。我试了所有可以自然引产的家庭偏方，但都没有用。记得有一次，我和丈夫达斯汀拿着叉子，端着一只鲜红色的碗，里面都是菠萝块，两个人就这样晃晃悠悠地绕着街区漫步——因为很多朋友都说这样做能让孩子早点出生。我每走几步，就会戳一块多汁的菠萝吃。两步，一戳；两步，一戳。我从来没有像这样吃过这么多菠萝——仅仅在这个街区里走了一圈，吞掉的菠萝就比我过去十多年吃的还多。

也许是巧合，就在第二天早上，我这个春天的孩子终于出生了。他回应了我的呼唤。刚出生的他圆滚滚的，见到他的第一眼，让我感觉如菠萝般甜蜜。五年后的一个秋夜，我刚搞定他睡前的一些例行杂事（让他喝牛奶，给他洗澡，陪他读书、唱歌），正要离开他的房间时，他说："哦，妈妈！我忘了告诉你一件事！"我坐到他床边，期待着再一次的晚安和亲吻，这是他当时惯用的拖延我离开的战术。也可能只是想再要一条毯子——我有没有提到那晚下了一场因大湖效应引发的大雪？①

---

① 大团冷空气在通过相对温暖的湖水上方时会带起湖面的水汽，所形成的对流云会因此被带往内陆，然后降下大雪。

波罗蜜的夏日回忆

我把脸凑了过去。他低声说:"我忘了明天还要带三个菠萝去学校!"

我为此困惑。显然,菠萝是为他的幼儿园每年都会举办的感恩节"分享盛宴"所准备的,但我那时还是第一次听说有这样的活动。学生们都要带上他们最喜欢的食物与全班分享。其他孩子都主动提出要带纸杯蛋糕、饼干和各种薯片,但我儿子答应同学们要带菠萝,不止一个,而是三个。这是他最喜欢的水果。我丈夫走进来,问了问我们在说什么,他也看到了我们的孩子那满怀希望的眼睛中因为菠萝而难掩的兴奋。我记得紧接着,达斯汀就穿上自己的雪裤和靴子,在那夜的暴雪中缓慢而沉稳地开车去了杂货店。

这段日子,我的父母从佛罗里达州来看我们。他们带了一些自家院子里的菠萝冠芽,在跟我拥抱问好之前就先要了些水罐把它们装起来。法国牧师迪泰尔特神父[①]称菠萝是"水果之王,因为它戴着王冠"。我厨房窗台上的新一批王冠会生长出

[①] 迪泰尔特神父(Father Du Tertre,1610—1687),法国黑衣修士和植物学家,曾撰写描述当年法国海外省土著居民、动物和植物世界的著作。据说他也是第一个称颂菠萝为"水果之王"的人。——编者注

菠萝

新的水生根须。可三年过去了,我们都看不到一个真正的垒球大小的小果。但在一个漫长的严冬之后,我很感激窗台上的这场菠萝盛会,以及新生植物的疯狂和嬉闹。

洋葱
ONION

洋葱

（下列文字按字母顺序排列）

A

根据巴比伦泥板上的楔形文字记载，世界上最古老的一份食谱的配料中（Among）就有洋葱。洋葱的最早种植地很可能是中亚。葱属和洋葱这个词的意思就是大珍珠。

B

洋葱的二年生（Biennial）植物变种是分蘖洋葱，彼此间喋声低语。

C

如果身边有多余的洋葱，脚冷（Cold）的问题就不存在了——用一个半切开的洋葱摩擦冰冷的脚趾，就可以刺进血液循环，让你的脚再次温暖起来。

D

想不顾一切地（Desperate）祛除新房里装修后的油漆味儿？在桌子上放一片洋葱试试吧。

E

英国人（England）过去认为，在新娘的身后扔洋葱是一种可以抵御不怀好意之人注视的习俗。

F

按照法国（French）的传说，洋葱汤的起源可以追溯至路易十五国王。某日他在深夜回到自己的狩猎小屋，发现食品贮藏柜里除了洋葱、黄油和香槟外什么也没有，于是只好让御厨想办法就用这些做点儿好吃的。现代人的做法是在前人所做的汤的上面加一大堆奶酪屑，然后放进烤箱，这就是那道经典菜式：焗奶酪洋葱。

G

豚鼠（Guinea pig）和狗不能吃洋葱。洋葱对它们来说是纯粹的毒药。

洋葱

H

数百位有灵气（Hippocrene）的作家都曾用洋葱来比喻故事情节的层次丰富，也用洋葱来形容一个角色，甚至一个诗节。我也很快乐地加入了他们的行列。

I

在印度（India），人们认为在家门口挂一串洋葱就可以抵御瘟疫。殖民者认为这是印度愚蠢的迷信习俗之一，但一场可怕的瘟疫暴发后，把洋葱挂在门外的当地人躲过一劫，其他人却像苍蝇一样脆弱而枯槁地死去了。

J

运动员可以在酸痛的肌肉上擦一点洋葱汁（Juice），借此让肌肉保持温暖和柔软。

K

洋葱大王（King）是一个挟持了整个洋葱世界的人。他在芝加哥的仓库里储存了900万颗洋葱，然后一齐把它们推向市场。堆积如山的洋葱导致很多洋葱农破产，他则靠这种可疑的囤积手法大发其财。为此，艾森豪威尔在1958年签署了《洋葱期货法案》，规定在美国交易洋葱期货违法。洋葱也成为唯

波罗蜜的夏日回忆

——一种被明确宣布为非法的农产品。

L

爱（Love）的魔法：取4个、5个或8个洋葱，用你心仪的几个对象的名字为它们命名，然后放在烟道附近——最先发芽的那个就是你的真爱。

M

切（Mincing）洋葱就要尽量把它们切成小块。如果你像我一样在切洋葱的时候直流眼泪，那就把它们放到冰箱里先冻上15到20分钟。拿出来后用一只手平按在刀尖部，另一只手上下摇摆刀柄去剁，一直剁到洋葱变成大小均匀的丁，尽量把它们剁成米粒那么小。记住，一定要按住刀尖，不然洋葱会溅得屋里到处都是，这些小小鸟会在你的厨房里飞来飞去，寻找最近的窗户。

N

讽刺类报纸《洋葱报》的新闻（News）经常被误认为是真实发生的事件。在阅读这报纸的那些疯狂又滑稽的日子里，连我都被搞得一头雾水。

洋葱

O

洋葱（*Onion*）皮若是很薄，证明今年会是暖冬。

P

迪奥斯科里斯（Pedanius Dioscorides）是古希腊的医生，人称"药用植物之父"。他曾建议那些要参加奥运会的运动员多吃洋葱，喝洋葱汁，用洋葱片摩擦身体，让肌肉的温度不会降低。

Q

如果有大量的（Quantities）洋葱出现在你的梦中，这意味着你会因为成功而招致怨恨和嫉妒。但你若吃下了梦中的洋葱，那就可以把那些人心中所有的怨妒从根上掐断，不再会日久弥深。若看到梦中的洋葱还在生长，变甜，呈珍珠状，直至填满梦中的房间，那么这代表你的恋情中会出现情敌，足以让日子火气蒸腾。

R

阿卜杜勒·哈米德二世[①]麾下的奥斯曼帝国战争部长里扎

[①] 阿卜杜勒·哈米德二世（Ⅱ. Abdül Hamid，1842—1918），奥斯曼帝国的苏丹和哈里发，1876年至1909年在位。

波罗蜜的夏日回忆

帕夏（Riza Pasha）"在自己的壁炉架上放了一串大洋葱，以抵御恶毒的目光"。

S

撒旦（Satan）在人类堕落后走出伊甸园，洋葱从他右脚踩过的地方冒了出来，大蒜则从他左脚踏过的地方露出了头。

T

如果洋葱皮又厚（Thick）又硬，即将到来的冬天就会寒冷又严酷。

U

洋葱的伞状花序（Umbel）是由白色的小花组成的，花茎很短，它们从同一个基底冒出来，就像伞骨。

V

维达利亚洋葱（Vidalia onions）[①]需要用手收割。这种洋葱不会让你流泪，它们需要特殊的土壤，只有在佐治亚州东南部种植才会产生甜脆的口感，而没有其他洋葱的酸度。

[①] 维达利亚洋葱是一种味道偏甜的洋葱，可生食，常用于制作沙拉。

洋葱

W

聪明的（Wise）埃及人很崇拜洋葱，他们认为洋葱的球形和同心圆象征着永生。

X

X光（X-rays）照片能显示出新生的骨膜组织逐层堆积，表现为多层同心圆状。因为形似洋葱皮，故它被称"葱皮样骨膜反应"。

Y

我们在每年八月回到学校时，洋葱那Y形（Y-shaped）的空心管状绿茎都会从我的花园里钻出来和我们打招呼。儿子们上了初中、高中，达斯汀和我回到校园教书，我们身上都闪烁着汗水的微光。

Z

斑马洋葱草（Zebra onion grass）经常被用于给多彩的爬行动物充当背景，或用作室内设计中的绿植。它是洋葱的表亲，有入侵性。它的小花是紫色的，如果出现在草坪上，人们就会向它喷除草剂，但这样做也会杀死不知多少昆虫和爬虫，鸟类的食物也会由此减少，而且肯定会杀死萤火虫。这意味着什么

波罗蜜的夏日回忆

呢？自从我的上一本书于2020年出版以来，萤火虫的数量变得更少了，与此同时，我可爱的邻居们还在不停地朝草地上喷洒毒药，有时甚至是大面积地挥洒。我和丈夫则一直在种植授粉植物和本地的绿植，还在树上挂了鸟食罐，我很担心我们家两侧的邻居喷洒除草剂会影响到我们这里。我们采摘的那些Y形的洋葱绿茎被我们的孩子和朋友、我的父母和你们的父母吃下去会有问题吗？这些洋葱肯定都含有微量的除草剂残留物。啊，该拿它们怎么办好呢？

荔枝
LYCHEE

波罗蜜的夏日回忆

2023年,一棵1 000多岁的荔枝树又一次存活了下来,在此之前,当地人都以为它这次必死无疑。这棵树位于中国的四川省,种植于唐代。它高约15米,相当于16只站立的大熊猫摞起来的高度。没有人知道它为何又恢复了活力,枝头再一次挂满果实,让当地人兴奋不已。它上一次结果还是在2012年,其果实有着标志性的红色疣状硬壳,果壳内是一大块半透明的奶白色球状果肉。

荔枝的果肉晶莹剔透,能反射微光,将灯光化作满室的溶溶月色。有时我想,天堂一定是用它做的——每扇窗、每把椅子、每棵树上摇曳的浅色树叶、每扇闪闪发光的敞开的门,无不如此。

荔枝

唐玄宗最宠爱的一位妃子对这种水果情有独钟。于是，唐玄宗就让信使快马加鞭，纵跨2 000多公里，为贵妃把荔枝带回京城。也无怪乎荔枝——或曰"中国草莓"——会是爱情和浪漫的象征了。单个荔枝和高尔夫球差不多大，也有椭圆形甚至心形的。

我第一次见到和我年龄相仿的菲律宾作家约瑟夫·莱加斯皮（Joseph Legaspi）和萨拉·甘比托（Sarah Gambito）时，他们正准备成立亚裔美国人的写作组织——昆地曼[①]。他们曾在曼哈顿的魏尔伦酒吧举办诗歌朗诵系列活动，那儿的招牌饮料就是荔枝马提尼。这种酒冰凉爽口，有着酸而淡的甜味。这是我成年后第一次听到"招牌饮料"这个词，并在我心里留下了印记。即使到今天，越南餐馆的荔枝果汁和其他冰果汁也总能让我想起与约瑟夫和萨拉的友情，我十分地珍惜它。

新世纪之初我住在纽约州西部，那时还没有结婚生子，所以坐一趟票价88美元的航班去纽约市还是相当容易的。用不

[①] 昆地曼（Kundiman），总部位于纽约市，为非营利性文学组织。Kundiman 在他加禄语中也指代一种传统的情歌。——编者注

波罗蜜的夏日回忆

了一小时,我就能从布法罗飞到肯尼迪机场,从白色小镇的海洋来到纽约市的另一个大家庭。二十多岁时的我们常常跌跌撞撞,形单影只,但那些经历却是二十多年后的我依然珍视的宝石般感情的基石。我没有玛瑙、碧玉、青金石、方钠石、黑曜石和石英,但我有约瑟夫、萨拉、帕特、维卡斯、劳拉、奥利弗、乔恩、罗恩,等等。

有时我会去联合广场的集市买来满满一纸袋的荔枝,然后坐在长凳上大快朵颐,剥下来的红壳堆得整整齐齐。用手就能轻松剥开荔枝——拇指指甲只消用一点力就能把红色的外果皮拨开。一旦皮破了,壳就会更容易剥下,然后你就可以把一整颗白色的甜美果肉塞进嘴里,轻轻咀嚼——要注意,当中有个杏仁大小的黑色果核。

坐在长椅上,我小心翼翼地剥荔枝壳,看着人们在城里或漫步,或来去匆匆。我想,他们家里应该有非常重要的人,所以要快步往回赶。家中可能有伴侣正在等着,孩子们跑到了门口去迎接。这些我当时都没有,但我对自己那颗小小的跳动的红色心脏抱有很大的期望,或许有一天我也会像他们一样,可能会有一栋房子,两个孩子?或者三个?可能会有一片空间留

荔枝

给花园,足够和家人一起种一棵小树。我们可以在多年后说:"还记得当初种下这棵树的时候,我们的小家才刚刚组建……"

哦,但那时我才刚当上英语教授,在那个小镇上,似乎也没有什么时间或空间让我私下里大声地说出这个梦。但那次纽约之行依然让我觉得自己是如此幸运,如此生机勃勃——我有一大袋荔枝,还在联合广场享受着阳光。在华盛顿广场待上几天。在布莱恩特公园消磨几日。我有朋友,他们会让我的心跳动起来。一群由特殊的亚裔美国作家朋友组成的大家庭仍在成长壮大,我们都在努力进入出版界,坚持诗歌创作,然后把它们发布出去,渴望得以出版,这是个缓慢又平稳的过程。我至今都说不清为何我们在刚刚见面时就感觉对方像自己失散已久的表亲,最终在摩天大楼和地铁线之间或静或闹的空间团聚了。随便找个地方,来几杯荔枝马提尼。在城里的一次次诗歌朗诵会后,我们的笑声不绝于耳。那是一笔不同寻常的财富。

薄荷
MINT

薄荷

我能在绿色中找到永恒的慰藉吗?

——内奥米·希哈布·奈耶(Naomi Shihab Nye),

《薄荷雪球》("Mint Snowball")

见到它之前,你能先闻到它,它是春天里最早的带着芬芳的问候。在阴郁的冬季,即使它的茎已经黑了,叶子也变得枯黄,但它还是这个国度里最顽强的草本植物之一——它那凯利绿色的芳香叶子每年都会展开,发芽。薄荷,也有"好客香草"之名,对那些养不活任何植物的朋友来说,薄荷堪称完美。它的根部(匍匐茎)被称为"信差",这是有原因的:那些厚实的水平根茎很容易蔓延开来,它们也极度渴望扩大自己

波罗蜜的夏日回忆

的空间。一旦你邀请薄荷进入自己的花园,它就不会离开了。

如果在它开花前摘下叶子,从春日一直到第一次霜冻,你便能收获不少薄荷。在这段时间里,有些品种能长到1.5米高,另一些则会保持迷你身材,像一个小精灵,它们的叶子和键盘上的字母O一样小。薄荷的花是唇形的,有独特的上下唇,分得恰到好处。如果我们把薄荷糖放在舌尖,就好像能感知到那花朵本身在呼出凉爽的北极风。

在文学史上,莎士比亚和乔叟的作品,乃至《圣经》,都提到过薄荷。在古希腊神话中,水泽仙女明塔[1]与冥王哈迪斯有染,珀尔塞福涅[2]发现后将其踩在地上,把她变成了一株植物。而她越是踩,空气就越散发出芬芳。古雅典人会用薄荷抹手臂,他们形容这种气味就像对一次拥抱的感伤的回忆。现在,薄荷它可以用来改善医院里的空气:在候诊室里,它可以让那些等待亲人消息的家属保持清醒;在手术室里,几滴薄荷

---

[1] 明塔(Minthe),古希腊神话中哭河之神科库托斯的女儿。Minthe一词即指薄荷草。
[2] 珀耳塞福涅(Persephone),古希腊神话中的冥后,宙斯和农神德墨忒尔之女,冥王哈迪斯之妻。

薄荷

油就可以驱散鲜血的气味。而热薄荷茶,至今仍是缓解鼻塞和咳嗽的必备良药。

薄荷花的花语是"你的个性沁人心脾"。蜜蜂喜欢薄荷的气味,但家蝇、老鼠、蚜虫和蚊子对它都唯恐避之不及。用我小时候的话来说,这气味总让我想起箭牌的薄荷口香糖,那是我母亲放在钱包里的唯一一种口香糖。对我来说,薄荷永远代表着母亲,一个让一切都一尘不染的医生,她的白大褂和花俏的衣服闻起来总像伊丽莎白·泰勒激情香水(Elizabeth Taylor Passion),和薄荷。

记得小时候在动物园,母亲会递给我一根口香糖。在周日唱诗班合唱开始前,在教堂的长椅上,她也会如此。当走进教堂那一片白人面孔的海洋时,我还记得人们都盯着我们看。仪式结束后,人们又紧盯着母亲带来的托盘,里头摆着美味的春卷、菲式炒面,在所有为百乐餐准备的寡淡炖菜中显得尤为特别。但她却在教我怎么嚼口香糖,她那优雅的下巴在人们的凝视中默默咀嚼的样子,就是一股薄荷味的凉风,我永远无法再现她那优雅的模样。我已经几个月没见过她了,我发现自己只要写到花园和薄荷就总会想起她的拥抱。我若是闭上眼,就能

波罗蜜的夏日回忆

闻到她拥抱我时的气味。是她教会了我怎样照料花园,如何在初霜后把手插在泥土里,以及什么时候修剪杂枝,拔除杂草。难怪,我现在会变成一根匍匐茎,伸展着去找寻她的温柔,她的气味,她那清新、能为我注入新生般的拥抱。

波罗蜜
JACKFRUIT

波罗蜜的夏日回忆

　　祖父在餐桌上把 *Manorama* 报纸①摊开,将波罗蜜放在上面。在准备切开时,全家人都会围拢过来。他总让我坐到前面来,我的意思是我就在他肘下。他用那把大刀灵活地切开砾石一样的果皮,露出里面浅黄色的肉瓣,里面是满满的汁液,那汁液比我在从前或未来尝到的都要甜。这个波罗蜜是常温的,因为它太大,放不进镇上任何一家的冰箱,但我不在乎。祖父拿出了一块黄色的球茎状果肉——如同金色郁金香的顶端——我就像饿坏了的花栗鼠一样啃了起来,所有来看他美国孙女吃波罗蜜的邻居和亲戚都笑了,笑我如痴如醉的模样。

---

① *Manorama* 新闻报为服务于马拉雅拉姆语用户的报纸。——编者注

波罗蜜

波罗蜜凉爽，波罗蜜又凉又脆。给波罗蜜切片的时候，刀上要抹一点橄榄油，这样就不会粘上甜蜜的果肉。波罗蜜很大，像裂开的太阳。现在唯一能抚慰我的就是我最喜欢的水果：佛罗里达海滩度假之旅我们计划了好几个月，结果现在这里正下着倾盆大雨。我父亲刚刚在我面前放了一碗新鲜的波罗蜜片，突然之间，我的眼前就只有太阳了。虽然下雨让人觉得糟心。

我写水果已经有二十多年了，经常有人问我最喜欢什么水果。我每次都回答得非常快，就像子弹脱离枪膛，或被叮咬后感到刺痛那般迅速，以至于大多数人都被我的热情吓了一跳。自我第一次去喀拉拉邦的祖父母家，第一次尝到这种水果以来，我最喜欢的水果的答案至今未曾改变。波罗蜜。波罗蜜。Jackfruit（波罗蜜）这个词源自葡萄牙语的 *Jaca*，而 *Jaca* 出自马拉雅拉姆语的 *Jakka*（波罗蜜）。我喜欢听祖父母把这个词当成个问题来说。他们等了八年才第一次见到大孙女，没有什么水果和甜点是他们不肯给我的。自从三年级第一次去印度之后，我就被喀拉拉邦的水果盛宴——杧果、大蕉、波罗蜜水果三巨头和尝起来像海边日出的果汁——迷了心窍。

波罗蜜的夏日回忆

　　波罗蜜可以长到近1米长，半米宽。它的表面覆盖着钝刺状的棱脊，随着果实成熟，这些棱脊会逐渐软化。波罗蜜树的树皮会产生出橙色的汁液，能够用来给僧袍染色。一年内，一棵波罗蜜树就能结出250个果实，相当壮观。人们经常驻足观看，挂在树上的大约50个果子会勇敢地坠下，崩裂，这番景象与20世纪80年代的科幻电影《魔茧》（*Cocoon*）中的外星茧颇为相似，那些外星茧能让发现它们的人类重新焕发元气和活力。

　　波罗蜜一簇簇地悬挂在枝头，一旦掉下来，随便哪个都有可能对我造成永久性的伤害——即使只有一个，要知道，有些波罗蜜重达45公斤——仿佛我走在四处藏匿着黑豹的树下。既在这里，又在那里，在我周围，也在我之上。波罗蜜是世界上最重的水果。还记得有一年，我祖父带回家的一个波罗蜜比我和我妹妹加起来还重！

　　亲戚们常对我感到好奇，因为我总喜欢穿着短裤，而不是裙子；留着一头毛茸茸的齐肩短发，而不是喀拉拉邦同龄姑娘们常留的长编织辫；我还戴着一副粉色的塑料眼镜，并总扬言道"我是书看得太多了，看书，才戴眼镜的！"在孩子们纷纷

波罗蜜

离开餐桌后,我似乎听到母亲在给那些大人道歉。那时正值音乐电视网(MTV)的鼎盛时期,但电视上却找不到任何美国的流行音乐,看不到辛迪·劳帕(Cyndi Lauper)或Prince这些知名歌手;但有趣又极富戏剧性的马拉雅拉姆语肥皂剧每晚都会把我和妹妹逗得咯咯笑,让我们慢慢放松下来。看电视之前,我们会在一片满是菠萝和橡胶树的土地上探索一天,那里有杜鹃、绿喉蜂虎和眼镜蛇,那是我们祖父母的后院。

亲戚们很喜欢看着我们看电视,尽力去理解故事情节,好给我们这两个从美国来的七八岁小姑娘解释。他们对我母亲肯定也很好奇:一个比他们家族的长子大十岁的菲律宾人,一个永远不会成为全职主妇的医生,遑论他们的儿子是罗马天主教徒,而她却是卫理公会派教徒!

波罗蜜让我们不再担心在这个让我感到熟悉又陌生的国家会受到怎样的对待。街对面的邻居养了一头象,它在前院快乐地吃着甘蔗。邻居得知我喜欢波罗蜜,就给我们带了一座波罗蜜"小山",把它们堆在我祖父母家露天厨房的门口。我简直不敢相信,他们在我们来印度的第二周就已经预备好了这么多黄绿色椭圆球,只等着分给我们。如此慷慨的款待和一点甜蜜

波罗蜜的夏日回忆

的善意，根本无需任何翻译。

差不多四十年过去了，祖父母已经去世，佛罗里达州的雨终于停了，我们去探望了我的父母，希望我们的户外假期能过得更充实一些。当我和丈夫及儿子们坐在餐桌旁吃着父亲刚切好的波罗蜜时，我并没有提起自己儿时的甜蜜回忆——父亲的父亲在我八岁时也第一次为我切了波罗蜜。他依然非常想念自己的父亲，我担心提起祖父会让他难以承受。祖父去世的情景恍如昨日，你永远想不到他已离开了我们三十余年。

"但我现在想起来了。"我想对他说。"我永远不会忘记。"我一次次地告诉他，还有整个世界，"我永远不会忘记祖父。"他让我第一次尝到波罗蜜。在我上小学时，他为刚刚识字的我打字，写邮件，将信装进薄薄的蓝色信封，让它们飞到地球另一侧的我的手中。如今，我把他的打字机摆在家里的一个玻璃柜里，不时拿出来给自己的至爱们写信。祖父留给我的另一份记忆，是在看到戴着眼镜的我的脸对着他微笑之前，脸颊上已满是波罗蜜的甜。

肉桂
CINNAMON

波罗蜜的夏日回忆

在寒假和一年中最冷的时节,我的厨房总是处于欢乐与混乱之中。寒假时,两个爱运动的十几岁小伙子回了家(我小时候却是和妹妹一起长大的),没有人(我是说真的)事先告诉我男孩子们的饭量有多大!我忙得不亦乐乎,烘焙,洒调料,搅拌汤汁——我的手上、头发上,甚至儿子们的脸上都弥漫着肉桂的气味。冬日里,我们一家似乎不得不生活在一团看不见的肉桂云之下。

cinnamon(肉桂)一词源自希腊语 *kinnámōmon*,意为"甜木头"。据史料所载,在公元前3000年,这种香料是埃及木乃伊空腔中的一种填充物,甚至在《圣经·旧约》中也有提及。在很多年里,香料贸易商都对肉桂生长的确切地点守口如瓶。

肉桂

亚里士多德在他的《动物志》(*Historia Animalium*)中声称，这种香料出自巨鸟巢穴中散发香气的树枝，为了搜集它们，人们残忍地捣毁了那些鸟巢。

虽然我非常喜欢这种巨大的"肉桂鸟"飞来飞去修筑巨巢的故事，但肉桂实际上长自一种月桂科的树。在斯里兰卡和我父亲的出生地——印度南部的喀拉拉邦，数个世纪以来，肉桂不断被人们收割，却仍然维持着可观的数量。祖母的宅院里就有这么一棵树，我还记得它在风中摇曳的样子，那预示着季风到来了。肉桂树会在大量的雨水中茁壮成长，开出黄色的花，此后，被星星点点的紫罗兰色的浆果取而代之。但人们要收割的可不是这棵树的浆果——它的树皮才是上好的香料。人们会先将肉桂树棕色的纸袋式的外皮剥去，内皮变得松软下来，然后小心地将其剥下，晾干后再把它们擀成卷（羽管笔形）。真正的肉桂棒由多层薄树皮卷曲而成。如果你的香料棒只有一个主卷，那么从专业上讲，它叫桂皮，颜色更红，比真正的肉桂稍苦一点。

关于肉桂，有一种古老的仪式：最好在新月或月初时举行，然后站在门口，吹一吹手中的少许肉桂。站在门口吹它一

波罗蜜的夏日回忆

下，就能给家宅招来丰裕和兴旺。对我来说，兴旺意味着一种希望，任何人只要想，就都能拥有一扇自己的门，而当你和你所爱的人走过那扇门时，就能找到（或闻到）一团肉桂云。对那些因工作繁重而感到孤独和乏累的人来说，我想让他们在经历了漫长的一天后都能在茶或苹果酒中加一点肉桂。感觉冷又不想浪费太多钱取暖的人也可以来一点。在下个月的第一天，我将记着在我家前门举行这个香味仪式。也许我还会向着另一扇门吹一点肉桂——让所爱之人的幽灵穿过。让我们来迎接他们，让他们感觉又回了家。

苹果香蕉
APPLE BANANA

波罗蜜的夏日回忆

我几乎忘了苹果香蕉那种双重的味道,直到我的朋友金——作家,夏威夷考爱岛本土鸟类的忠实护卫者——把满满一袋苹果香蕉放到了台面上,这些都是那天早上她从自家的花园里摘的。香蕉有1 000多个品种,但苹果香蕉是我的最爱。我当时正住在金的朋友家,与达斯汀一起做研究和写作,金则跑去看信天翁的巢穴。

我们夫妻的结婚十五周年纪念旅行推迟了两次,此前,我们已经有大约六年没有一起参加过任何与工作或会议无关的活动了。不过实际上,我们很喜欢也更乐于和我们的孩子共度时光,带上他们环游世界。有一点是真的:你可以喜欢并且想花时间陪伴孩子,但想和伴侣或最好的朋友独处也没问题。与电

苹果香蕉

视和社交媒体告诉你的相反，这两种感觉并不会相互排斥。在我们外出的这段时间，儿子们都在密西西比州和达斯汀的父母同住，公婆体贴地从堪萨斯州一路开车来陪伴他们。作为一个没有花太多时间陪伴祖父母的人，这对我来说尤其重要且特别——儿子们和两边的祖辈都很熟，这让我不再为"抛下"他们而感到那么内疚了。

于是，我和达斯汀就敲定了这次旅行。出发！一月，开学之前，我们去了夏威夷——那是我俩急需的狂野和堕落的时光。我几乎都忘了接送孩子，带孩子去看牙医、打棒球、弹钢琴以及诸如此类的日常责任，只记得两个人交谈了那么久，未受任何干扰！这种体验真是太享受、太新奇了！再次欣赏到达斯汀眼中的碧绿实在令我心醉，那碧绿是魔鬼鱼山（Hīhīmanu）最明亮的部分。魔鬼鱼山是我在考爱岛上最喜欢的山，它有两座主峰，看起来就像一条黄貂鱼在哈纳莱伊湾碧绿的左臂弯之上向天空跃去。

咬一口苹果香蕉，倏忽之间，那标志性的双重口味就会变成口中的一场派对，有香蕉当东道主招待味蕾，也有菠萝和草莓的调音师在打碟欢呼。苹果香蕉的味道也很像花——也许是

波罗蜜的夏日回忆

鸡蛋花——无怪乎它们与姜属植物和鹤望兰有关。这种香蕉比我们在美国本土吃惯的那种更长的卡文迪什香蕉（Cavendish banana）更硬，而且似乎还有一些微弱的粉红色。苹果香蕉是吕宋蕉（Latundan banana）、龙牙蕉（banana silk）和曼塔纳蕉（manzano banana）的总称（它们都是香蕉界的"矮王"，仅有10到13厘米长）。即使只剥下一点皮，也能闻到它散发出的浓郁果香，直击味蕾。

据说，苹果香蕉起源于菲律宾。它们在那里大量繁衍，也在东南亚、南美洲以及美国佛罗里达州的一些地区蓬勃生长，我上一次和家人一起吃苹果香蕉就是在佛罗里达州的霍姆斯特德。苹果香蕉体积较小，很适合徒步时食用。相较于卡文迪什香蕉，它需要更长的时间才会变成棕色。我和丈夫徒步时常带着它。有一周，我们在清晨和日落时沿着海湾散步，看着那些傻傻的、戴着红冠的北美红雀，嘲笑它们是"倒立的红衣主教"——它们的脑袋是火焰般的番茄红色，肚子则像穿了与众不同的灰白色西装。我们很钦佩那些无所畏惧的年轻冲浪者，有些孩子看起来像还在上学，这让我们很想念两个儿子。

苹果香蕉的香味也会提醒我，要放慢脚步，享受旅程，有

苹果香蕉

意识地与我所爱的人待在一起。不要以为我这甜蜜而混乱的日常是理所当然。这气味到底有何妙处，只要闻到一丝，就能让我们停下脚步，将我们带回那些在需要时可以一次次返回的时刻？如今，我们早已远离岛上那段意义非凡的时光，我的大儿子现在离申请大学的日子越来越近了——但我只要在家附近的杂货店或邮局排队时闭上眼，脑中就能浮现那座巨大的黄貂鱼山，还有苹果香蕉的气味。出门办事时，它那滑腻的果肉仿佛就在我身边游动。

魔鬼鱼的翼展为1.8到3米，它挥动着鳍翼在北太平洋中从容而优雅地游动着。吃苹果香蕉的时候会让我想到休息，想到放慢速度和这样做有多大的好处，以及我们应该怎样帮助别人休息，让他们的心脏、双眼和头脑彻底放松。对我来说，这意味着要更多地和达斯汀一起漫步，漫谈。我还记得海滩救生看台旁有一处地方，在那里，我曾以为头顶的夜空不过是一片浩瀚的黑暗，但在付出了一点耐心让眼睛适应了之后，它们突然出现了。当然，它们一直都在那里——千千万万的星辰。

山竹
MANGOSTEEN

山竹

提到山竹,我想到我拥有的罪恶感。一月,一场罕见的暴风雪正在我们家所在的密西西比州北部酝酿,而彼时达斯汀和我却穿着人字拖,在考爱岛的水果市场里排着队,等着品尝我的第一个山竹。我亲爱的公婆又一次让我们放宽心,安慰我们,让我们只管"去吧!去吧!好好玩!"。他们高兴地安排好了一切,包括给孩子们做煎饼和只有奶奶才能和孩子们一起做的自制饼干,他们还去商店买了零食,可能还有一些玩具。

达斯汀和我带了一袋这种珍奇的水果回到了我们在哈纳莱伊湾的住处。山竹看起来像紫色的柿子,但它的外皮更像坚果的外壳,不能食用。外皮保护了内里的香甜——柔软、芬芳、多汁的果肉像一个小小的白色橘子,被分成了几瓣。当你啃食

波罗蜜的夏日回忆

这种美味的水果时不要着急,因为在有些白色糖浆般黏稠的部分里会有一个南瓜子大小的黑果核。

或许没有哪一种水果能像这位"水果女王"一样让那么多人垂涎如此之久。欧洲殖民者在东南亚偶然发现了山竹,因为这种水果很快就会腐烂,于是有了一个传言:无论是谁,只要能给维多利亚女王带去新鲜的山竹,就会被其封为骑士。

可即使在夏威夷,山竹也贵得离谱。在水果摊上,我们花18美元买了5个紫色的山竹。噢,它的味道是诗人所爱的——与柑橘滑腻的果肉并无不同,想想用五月下旬阳光下成熟不久的酸爽草莓做的奶昔吧。瑞典生物学家埃里克·米约贝里(Eric Mjöberg)曾说:"若想描述它美妙的味道,那简直就是亵渎。对任何一个味觉完好的人来说,这都是美食艺术的巅峰。"

19世纪后期的欧洲植物探险家,如F. W. 伯比奇(F. W. Burbidge)、让-巴蒂斯特·巴勒格瓦神父(Jean Baptiste Pallegoix)和埃里克·米约贝里,记录了欧洲人在山竹的原产地享用新鲜山竹的最早经历。伯比奇曾在加里曼丹岛探险,并如此描述山竹的味道:

"有点像最好吃的油桃,但又加了一点草莓和菠萝的味道

山竹

进去。"

巴勒格瓦神父在泰国也尽力描述了这种味道:

"它们散发着一种接近覆盆子的甜香味,口味像草莓。"

米约贝里也提到过山竹:

"山竹只有一个缺点,吃起来永远没够,但确切地说,这也许是饕客而非这种水果的缺点。"

我读到的每一种描述,以及和我聊过的每一个当地人都会借用另一种或几种水果来描述它。"你是诗人,"我的一个好心的朋友说,"你想想怎么描述它的味道吧!"

我接受了朋友发来的挑战,干了一件至少从1855年以来就没人在印刷品上完成的事。结果如下:

山竹吃起来就像

就像,就像,就像——

就像一首至少用四种语言写着"幽灵"的诗篇

就像由闪电织就的诱捕笼,就像碗中糖霜的光泽

就像你对别在祖母耳后的鸡蛋花的回忆,当你将山竹在口中碾碎

波罗蜜的夏日回忆

那果汁清澈,气息仿如一些植物,让花蜜在夜晚变甜

以此感知蜜蜂悄然临近。

鲜爽的果汁。也许更像是黄昏镀金的时刻绕着你鸣唱的旋蜜雀。

它是放在托盘上的一碗晶亮的碎冰。

它是哈纳莱伊海滩上的一只鸻振翅的声响。

甘蔗
SUGARCANE

波罗蜜的夏日回忆

地球上的很多文明都相信,人类最初就是从一根甘蔗里生出来的。谁会说这不是真的?我们的心脏、血液、肌腱和骨骼不都是糖的姐妹吗?不都是由嘴里咀嚼的某种东西构成的吗?甘蔗中的大多数糖分会在其开花前变得最为浓稠。可人们又为什么要在它达到那种甜度之前就把它砍倒呢?

公元前1200年至前1000年左右,南岛民族[①]商人将糖引入印度。波斯人和希腊人在印度遇到了当时闻名的无须蜜蜂酿蜜的形似芦苇的植物。到公元前400年,印度人已经发明了用甘

[①] 南岛民族即大洋洲和东南亚讲南岛语系的族群。居住范围北起中国台湾,南至新西兰,西至马达加斯加,东至复活节岛。——编者注

甘蔗

蔗制糖的方法。直到13世纪左右，欧洲士兵带着这种自以为的"甜盐"从东方归来，此后，糖才开始与蜂蜜争锋，成为欧洲主要的甜味剂。

搬到密西西比后，我发现孟菲斯的亚洲市场上摆满了装着紫色甘蔗茎的桶。我邀请了父母来过圣诞假期，在他们当上外公外婆以后，我才意识到我最希望的就是尽可能多地和他们共度节日。因为自己见祖辈的机会不多，所以发过誓，等我有了孩子，一定要让他们认识并真正了解他们的祖辈。

甘蔗是世界上产量较高的一种作物。1961年，澳大利亚的一家糖厂在8小时内手工砍下4.5万公斤甘蔗。在收割甘蔗时，要从根以上的部分砍下，这样它才能长出新芽，以便10到12个月后还可以再次收割。甘蔗可以长到3到6米高。平均一根甘蔗茎重约1.3公斤，但含糖量只有135克。太平洋诸神话的核心叙事都将甘蔗视为人类的起源，所罗门群岛的人们相信，是一根甘蔗茎孕育了一男一女，而他们又成了人类的祖先。

蔗农担心甘蔗会遭遇的疾病和虫害有眼斑病、花叶病、白条病、红腐病、流胶病、蛀虫、叶蝉和灰背甲虫幼虫。美国有五个州种植甘蔗，分别是佛罗里达、路易斯安那、加利福尼

波罗蜜的夏日回忆

亚、夏威夷和得克萨斯。路易斯安那州在2022年生产了200万吨糖。换言之,路易斯安那州11家糖厂一年内所产的糖可以填满半个超级巨蛋体育馆(Superdome)。美国大部分的甘蔗都种植在路易斯安那州,除加利福尼亚州外,大多数甘蔗在路易斯安那州以北都无法长得很好。第一块砂糖的生产是由艾蒂安·代布雷泰(Étienne DoBore)在他的种植园里完成的。

甘蔗的粗茎中有甜汁,这汁液可以熬制成糖。切碎的茎秆中留存的液体需要煮沸,直到它浓缩成黏稠的液体,成为糖浆。赤糖糊是其最浓缩的形态,对人体特别有益,因为其中含有大量的重要营养物质,如锰、铁和钾。

甘蔗由茎、叶和根系组成。茎可以长到9米高,分成多个节。每个节都有一个节点,上面长着又长又薄的叶子,叶子下面毛茸茸的,上面却很光滑。从节点中长出后,叶子就开始把自己包裹在茎上,茎内是一些维管束①和甘蔗汁的储存中心。甘蔗在地下的根是一种典型的草状,但随着甘蔗的生长,它可

---

① 维管束(vascular bundle),维管植物(包括蕨类植物、裸子植物和被子植物)的维管组织,由木质部和韧皮部成束状排列形成的结构。

甘蔗

以将根扎进4.8到6.7米深的土壤中。板状根支撑着植株,并从广阔的区域汲取大量的水。

和父母在科尔多瓦国际农贸市场的农产品区闲逛时,我从一个桶里挑了一根甘蔗,像拿起长矛一样。"甘蔗。爸,妈,平安夜你们不想吃点甘蔗吗?"听到这话,两人的脸都变得柔和起来。妈妈告诉我,以前她和舅舅在每天清早上学的路上都会买些切成块的甘蔗,外婆费莉帕会给她几比索的零花钱。吃甘蔗时她会嚼个不停,直到甘蔗果肉中的汁液被她的小牙榨得一滴不剩。这个故事我已经听过几百遍了,但这次我注意到了妈妈的脸,眼神中带着惆怅,目光仿佛穿过了市场的围墙,越过了密西西比河,穿越了群山和太平洋,望见了她心爱的群岛。但这时,爸爸打断了她的白日梦,说起自己知道如何挑选最熟的甘蔗。他在桶里翻了起来,像拔出紫色光剑一样抽出每一根挑选着。因为他的女儿不是在热带地区长大的,所以我挑的那根自然不怎么甜。"啊哈!"他边喊边举起一根,得意扬扬,"这是最好的!"

最终,在回家的一个小时的车程中,我们的小货车里有了两根1.8米长的甘蔗,它们被放在我的两个儿子的座位的中间,

波罗蜜的夏日回忆

以保持平衡。回家后,我父亲在我厨房的所有抽屉里翻来翻去,哀叹我家没有印度和菲律宾用的那种大波洛刀来剁甘蔗。"你家里没有砍刀,艾梅!没有那玩意儿你怎么活的啊?"

亚洲人会把甘蔗视为一种甜食。有时妈妈们会把它当作安抚婴儿的奶嘴,孩子们也会把它和米饭混在一起吃。麦哲伦在1521年到达菲律宾时,棉兰老岛的原住民就给他的船员提供了一些甘蔗,作为点心。

全球75%以上的糖都取自甘蔗,其余的出自甜菜。甘蔗能传播开来的部分原因是人们发明的一种名为"分蘖再生"的甘蔗培养法,即在收割甘蔗时,人们会有意将一部分茎芽留在地下,让更多的根蘖或留茬作物可以反复生长。分蘖再生的过程十分经济,种植后可以反复培育,通常可以重复三次。所有周期结束,再生作物的产量下降后,就须将所有残根翻出,重新种植新的。

平安夜的礼拜仪式结束后,爸爸给我们准备了好多冰镇的甘蔗块,就放在后门廊桌上的玻璃碗里。我们当时穿着去教堂时穿的衣服,俩小子当时大约一个八岁一个十一岁,眼下已经扯下了领结,四仰八叉地搭在椅子上,像小矮马一样嚼着甘

甘蔗

蔗。每一次嘎吱嘎吱的咀嚼声都能引发我们咯咯的笑声。噢,我真希望你能看到他们外公外婆的样子,两双眼睛闪闪发光,注视着孙辈吃着他们儿时在地球另一端吃过的甜食。那天晚上,我们的脑海里并没有糖豆飞舞的景象,却看到了热带田野中的植被在海风中摇曳。我的父母拿着波洛刀为我们开路。各种不同的路。那天晚上,我们伴着甜蜜的歌曲起舞,醒来时,孩子们对着圣诞老人带给他们的礼物惊声尖叫。那一年的礼物是什么我不记得了,我打赌儿子们也不记得了。但我们都记得那紫色的茎。我们都忘不了那切得像芹菜条的甘蔗——它的汁液在我们的舌尖上跳跃,冰凉而明亮。

无花果
FIGS

无花果

那年夏天,我去希腊北部的萨索斯岛教人写诗时曾鼓起勇气再次尝了尝无花果。岛上遍布着这种最可口的胭脂金光,还有在七月的酷暑中徐徐吹来的温暖微风。我想揭开多年前的一个水果之谜的真相,当时有个男孩告诉我,嚼无花果之所以会发出嘎吱声,其实是因为我在吃一只死掉的黄蜂。那是在邻居家的一次聚会上,我从水果盘里挑了一颗无花果,一边看着大人们跳舞,一边开心地吃着。我甚至都不记得那个男孩的名字了,但他应该是街上哪家人的侄子或者其他什么亲戚。他穿着红色的降落伞裤和黑白格子运动鞋,在晚餐时跳起霹雳舞,努力吸引着人们的注意。他还模仿了机器人和蠕虫,并尽力拉人加入他的行列。我还记得他悄悄走到我身边,看着我又抓起了

波罗蜜的夏日回忆

一颗无花果后,他对派对上的其他孩子嗤笑道:"艾梅在吃虫子!"我尽量保持冷静,但还是把无花果放回了盘子里,只想知道,这个混蛋说的是真的假的。

那时我信了他。三十多年来,他的话一直留在我的记忆中,我也一直回避这种水果。无花果在海边的空气中,在地中海柔和的阳光下很容易生长。在希腊,饭后吃一点加了新鲜酸奶的无花果蜜饯是很常见的事——当地人称之为"勺子甜点"[①]。我很怀念这种简单的阳光普照的恩赐。

无花果实际上是一种内面向外的花,它更像是数百朵花被困在一个外壳里。雌性无花果小蜂身披着来自自己出生地的那颗无花果的花粉,通过一个被称为"花孔"的开口或圆形基部进入一颗尚未成熟的无花果,并在这个过程中挥落自己的翅膀。这种蜂很小,只有2毫米长,和蜡笔尖差不多,并且只能活两天。在活着的时候,它必须安全地进入无花果,在那些微小的花朵间产卵,同时为花朵授粉。不久之后,它就会死亡。

[①] 勺子甜点(spoon-sweets),一种传统的地中海甜品,通常由糖浆浸泡过的水果制成,用勺子舀食。

无花果

雄性无花果小蜂会先从虫瘿（它们的卵壳）中破蛹而出，然后通过一种侵袭般的动作（我希望自己并不了解这个知识），在尚未孵化的雌性幼虫的虫瘿上撕开一个洞，让它们在静默成长时完成受精。在其短暂生命的终章，雄蜂在死前会从果实中挖出一条通往外界的甬道。雌蜂醒来后会在这些甬道中扭动身躯，穿过这条生死隧道，披着受精后的莹亮新躯沾染花粉，最后振翅高飞，去寻找完美的未成熟的无花果产卵，并不断延续这个循环。有时，它们甚至会飞出50公里。

九千年来，无花果一直都是关键物种，是食物网的一个重要组成部分。有1 200种不同的动物依赖它们，包括占世界生物种类1/10的鸟类，没错，还有无花果小蜂，它们的名字就是由此而来。嘲笑一个人吞食昆虫碎屑，这种贬低他人以抬升自己的场面很容易想象。但如果多年前那个想让我犯恶心的男孩说得没错，那你可能也会很乐于知道一点，这种水果的酶能消解无花果里的所有小蜂残留物，剩下的只有汁液。老普林尼[1]

---

[1] 盖乌斯·普林尼·塞孔都斯（Gaius Plinius Secundus, 23/24—79），又称"老普林尼"，古罗马的百科全书式作家，著有《自然史》(*Naturalis Historia*)。

曾说，它是"那些因长期患病而导致身体虚弱的人可以吃的最佳食物"。

  我喜欢想象雌蜂第一次钻进无花果的那一刻，也就是它挤进花孔，挣落翅膀的时候。它那对几乎无法用肉眼看到的翅膀会散落在树下，或留在无花果花之中。我喜欢想象它依然能振翅高飞，像鹦鹉、杜鹃或爱吃甜食的黄鹂一样嬉戏。我不担心吃无花果时会发出那种嘎吱声，因为我赞美飞翔。

刨冰
SHAVE ICE

波罗蜜的夏日回忆

八十五岁母亲的大部分家族纪念物都在菲律宾的一次台风中被毁掉了,所以我从未见过她儿时的照片。但那日带她去夏威夷瓦胡岛的松本刨冰店时,我好像在她脸上看到了孩童般的喜悦。

我们在那个暑假参观了瓦胡岛北岸的著名景观。当地的这家松本刨冰店不可错过。自1951年以来,这家店就一直在供应这种冰饮。店铺位于历史悠久的哈莱伊瓦镇的主干道旁,店招图上就是用彩虹色喷雾装点的小冰丘式的刨冰。在阳光明媚的日子里,松本刨冰店可供应1 000多份刨冰。我们十二月中旬去那儿的时候,门外排着长队,人们甚至要在钥匙扣架子和短袖衫展柜之间来回穿梭,把卖小吃的过道都围住了。若是排到了

刨冰

前面,你就能看到制作刨冰的流水线是如何运作的。从薰衣草色到绿松石色,再到浅绿色,一切华丽的颜色应有尽有。看到小黑板上写满了可供选择的口味时,我着实有点慌张。我想起朋友说过,我不可能选错的,但我可不想当第一个倒霉蛋。

我和儿子们尝试了他们的经典彩虹款,草莓、柠檬加蓝菠萝味的。我还加了些麻糬团——比乒乓球小一点——摆在冰堆周围。我相信肯定有人喜欢这玩意儿,但我很后悔加了,因为事实证明刨冰完全不需要它们,它本身的果味和甜味已经很足了。店家还有炼乳提供,需要的话可以加上一点点,但还是那句话,这种彩虹组合本身已非常多汁。一拿到各自点的刨冰,我们就坐在野餐桌旁,享受着这个清新的休息时间。公鸡啄着我们桌边的鹅卵石,身上色彩斑斓的羽毛在黄昏之前的那个明亮时刻里泛着绿色和深蓝色的光。在北岸走了一整天,我想父母应该很乐意坐下来休息一会儿。每吃一口冰爽的刨冰,他们的眼睛都会闪亮起来。妈妈选的那个漂亮的杯子看起来就像一勺磨砂的冰冻落日——有草莓和杧果,再加上一点百香果。

那时,我在瓦胡岛檀香山的伊奥拉尼学校教书。上午去教初中和高中的学生,或者去看望他们;下午就和全家人一起,

波罗蜜的夏日回忆

尽可能地去逛逛岛上的各个地方。我们之前都没来过夏威夷，我注意到，岛上到处都能看到菲律宾人，我和妈妈在那里不知有多自在。看到菲律宾人出现在广告牌和户外的各类牌子上，和我们一起在杂货店和做游客生意的地方购物，真是太棒了。

行至中途，我把头发放了下来，然后夹上一个鸡蛋花发夹。走在街上的时候，一个游客向我问路。对方还以为我就是这岛上的人！一开始我以为这只是碰巧，后来就成了被儿子们常挂在嘴边的笑话。每当有人把我当成本地人拦在街上，问我附近有什么好的餐馆，哪里可以买到阿司匹林，以及我能否指路时，达斯汀就会咯咯地笑。有好多次，儿子们都看到美国人与我交流，"你的英语说得真好"，或者问我那个可怕的问题，"你是哪里人？"。当然，我很清楚，不管那些眼拙的人怎么看我，我依然是一个本土人。有好几周，我都体会到了被长得像我和我父母的人包围的感觉。在那里，我头一次觉得自己不是个外人。

我并不知道冰饮在夏威夷所发挥的社会功能有多么久的历史。霍巴特（Julia Kawehipuaakahaopulani Hobart）在她的杰作《冷却热带》（*Cooling the Tropics*）中记录了自由（尤其是妇女和原住民的自由）与冰激凌店和刨冰店在19世纪中叶联结的源

刨冰

起。但《戈迪淑女杂志》(*Godey's Lady's Book*)之类的杂志曾警告说,喝冰饮的女性"有患不治之症甚至猝死的巨大风险"。

对原住民食用冰饮的限制接踵而至,包括直接或间接的官方限制。在美国吞并夏威夷后不久,《美国厨房》(*American Kitchen*)杂志刊文称:"一个文明人……可以从巴尔的摩的进口半壳生蚝一直吃到那不勒斯的冰激凌……卡内加人①却有很多芋泥,那是放了五天的海报糨糊。"换句话说,在这些媒体眼中,像冰激凌这种奢侈的冰凉甜品的广告都是针对美国本土人的;相比之下,当地的卡内加人受到的规劝却是只需满足于室温的芋泥,尽管他们都在土地上劳作,耕种,几乎肯定也会喜欢冰凉的快感。

刨冰中不含奶油,这超出了它所受限制的范围,因为那些"正统主义者"约束着原住民的营生,而奶油正是他们可以控制的食品原料。事实也证明,刨冰可以替代游客们在热带地区常喝的那种老套的提基饮料,这种饮料通常是殖民主义的一个标志。

---

① 卡内加人(kanaka),夏威夷及南太平洋群岛的原住民。

波罗蜜的夏日回忆

你可以在美国的很多城市找到刨冰,大到纽约,小到密西西比州的牛津(尽管它常被误称为锉冰)。不过夏威夷群岛上新鲜水果的口感和味道——比如菠萝和百香果——加上红豆和麻糬等小料,会使它焕然一新。羽毛状的刨花也使得热带水果的糖汁不会堆积于杯底。

当红的刨冰店的位置都属于内部消息,这很像美国南部最好的鳌虾店或小龙虾店的区位也主要依赖内幕消息,店铺也只声称自己真的只是想简单做生意。有的店受游客欢迎,有的大多是本地人在排队。我们还去了檀香山的怀奥拉刨冰店尝了尝鲜,那里离怀基基滩主街上炫目的精品店有点远。那里没有霓虹灯,除了图案为一勺彩虹刨冰的木雕画外,没有任何标志。我们尝了"奥巴马",它的底部有一勺宜人的香草冰激凌,还有一层百香果、酸橙和樱桃糖汁。

后来我和闺蜜们去了一次考爱岛。在那个岛上,我们尝了乔乔家和许愿井的刨冰,因为它们有多种天然有机口味,不含鲜艳的化学色素。我特意邀请了关系很好的作家朋友贝丝和萨拉陪我去一个朋友的海滨别墅,因为我觉得我们都需要休息一下。我们一齐经历过同时应对疫情、写作和教学,

刨冰

以及监督子女们在线学习的难处。我们也都在学校里担任领导职务，都是活跃多年的作家导师。我们这些生活在美国的亚裔母亲和学者都非常清楚这意味着什么，以及我们需要付出多少努力才能让别人听到我们的声音。而刨冰，可以缓解这一切烦恼。我想送这些朋友这样的一个礼物。这几天他们能感受到的最大的压力大概只有不知道该在哪儿吃饭，要让别人给他们准备什么菜式，以及他们的刨冰杯里该放点什么小料或水果。

我们收拾好行囊，向宝石色的哈纳莱伊湾道了别，然后锁上了房门。贝丝不得不提前一天离开去参加西海岸的一场婚礼。最后一天，我和萨拉开车回考爱岛机场的时候，她脸上还挂着灿烂的笑容，还问我们能不能再去许愿井买一杯刨冰。我怎么可能拒绝呢？萨拉是我认识了二十多年的朋友，她有一个儿子，和我的小儿子同龄，也是一样的精力过剩、性情急躁，他们一起出现在公共场合时还常被误认为是表兄弟。

我们站在许愿井外，想着最后要选什么口味组合的时候，没人问我们是哪里人。萨拉点了百香果配夏威夷果冰激凌，我点了荧光粉色的火龙果调饮。我们聊着天，想着回去后告诉家人我们

波罗蜜的夏日回忆

在外都干了些什么(睡觉,读书,做梦,休息,吃饭,唱歌,大笑——却绝未沉迷酒色),这让我们咯咯直笑。然后我们又一如既往地想起了各自的母亲和妹妹,还有二十年的友谊,以及在分手、结婚、育儿、工作和著书过程中的相互扶持。我们的母亲都是菲律宾裔移民,彼此并不相识,但她们若是知道自己养大的女儿都在书籍和写作中找到了谋生之道,而且这两个固执的长女还找到了彼此,如今正在北太平洋的一个小岛上对着刨冰傻笑,我想她们肯定会感到惊讶,也同时会感到自豪的。

我很感激我的好朋友们,无论失意还是得意,她们都伴我左右。即使在写下这篇文章的时候,我也能感觉到自己在微笑,这不就是我告诉学生的吗?"如果你(作者)感觉不到,我们(读者)也会感觉不到"。多好的礼物啊,多好的礼物啊——感谢上帝将朋友赐予我们。二十五年前,我几乎身无分文,没有出书,也没人给我一套指南让我能正确地循着指示直通在考爱岛上的这一周,抑或萨拉舀起每一勺沁人心脾的刨冰的那一刻——冰沙在晨曦中闪闪发光,仿佛勺中迷你的彗星,那是让人无比欢欣又真正安宁的时刻,我要赞美从她的心(和胃)中散发出的极致的美与善。那是一整个星系的感激。

黑莓
BLACKBERRY

波罗蜜的夏日回忆

园艺,是一场关乎倔强与芬芳的信念的实践:你手捧那轻软的球根里的枝条,深知它们终会变得柔韧,向着阳光肆意生长,并在你最意想不到的时候结出果实。然而,二月底的一个异常温暖的周末,我和丈夫在密西西比州牛津市种下我们的第一丛黑莓时,偏偏就很快结了果。

几个月来,我不停给那些枝条浇水。一场暴风雨猛烈地袭击了我们的花园,我想那些枝条肯定要被冲走了。但它们挺住了,又生出了繁茂的绿叶。到七月时,那些小白花变成了多汁的整株黑莓。我的小儿子贾斯珀把它们收进了他早上吃麦片用的蓝色碗里。我眼见本就不多的蓝莓变得越来越少,贾斯珀解释说也许是被狐狸或熊抢走了,但他那绷不住的咯咯笑声和紫

黑莓

色的下巴与指尖出卖了他。到了八月,第一天的热浪让我想起了玛丽·奥利弗①的一首诗,结尾是这样的:"黑色的铃铛,片片绿叶;还有那快活的语言。"

孩子们很少记时间。我这两个儿子从不戴手表,也没有手机,但有一点让我感到很欣喜,用我小儿子的话来说,他们总记着水果时间。五月意味着可以吃草莓,六月是桃子,八月等于西瓜,九月是柿子。现在,他们又把黑莓与这个夏末和学年的开始(美国南方的学校都是在八月初开学)联系到一起。他们还觉得,黑莓是一个动作。因为那一年他们都在通过网络在线学习——坐在野餐桌旁上课,他们的一个小乐子就是在课间起身,晃悠到黑莓树丛旁(短短几个月,黑莓树丛就长得比他们俩都高了),把几颗晒熟的果子塞进嘴里。若是不小心,温暖的果汁就会顺着他们微笑的嘴角流下来。

那段时间我们都在屋外活动,所以不需要稻草人或哨子来赶走叮扰树丛的鸟儿。这让我想起了我的少年时代——那时我

---

① 玛丽·奥利弗(Mary Oliver,1935—2019)美国当代最受喜爱和具有影响力的诗人之一,以其深刻、质朴且充满灵性的自然诗歌闻名。——编者注

波罗蜜的夏日回忆

和邻居都只有十一岁，我们发现了一块长着黑莓的土地。噢，采一小杯黑莓可真是个费事的活儿，但黑莓的甜蜜能抵消前臂上的所有划痕和刺痛。我们收集着这黑血般的汁液。汁液鲜明，人们会用它来染布料和头发。南北战争期间，黑莓茶曾被用来缓解痢疾，有时双方还会临时休战，好让联邦和邦联的士兵一起采黑莓。

我还没有完全消化我们在疫情期间失去的一切，有多少葬礼没有参加，有多少友谊在多年不见的重压下勉强维持。我没能向离开这个星球的最后一位祖辈表达敬意，她是我在印度的祖母，经历了漫长而美好的一生之后，在睡梦中平静地离开了。然而，黑莓给了我们信念，回馈了我们的耐心。我的儿子们在采摘这种水果的时候，会在院子里和蝴蝶、鸟儿、蜜蜂分享这片空间，那里甚至还有几只石龙子和安乐蜥。这些动物也是他们的同学。他们在向它们学习。有何不好呢？

我们一起躲在阴凉处，向着阳光，听着欧乌鸫的叫声而兴奋，还会庆祝傍晚的阵雨。我们合上了笔记本电脑，收起手机。我们打算明年再种一丛黑莓，并计划再次去看望孩子们的祖辈。我很感激黑莓帮儿子们记住了水果时间。他们舒缓而专

黑莓

注,无需手机与时钟。我确信这种"舌尖上的幸福"会在我们的身上延续,而且比我们的生命更加长久。尽管我们后来搬到了城市的另一头,但这种仍在不断生长的水果本身,就是我们幸福生活过的证明。

宝宝蕉
SABA BANANA

宝宝蕉

我第一次感觉到胎动时——那是我怀第一胎时第一次感觉到肚里的宝宝在蹬腿——孩子大约只有一根宝宝蕉那么大,但比宝宝蕉更重,长度差不多10厘米,换句话说,我的孩子那时比两个棒球的长度短一点。这就是我对他的最初印象。因为达斯汀在当地的成人棒球协会打棒球,而且我是芝加哥小熊队的铁粉,所以那会儿我脑子里想的全是棒球。但其实大多数胎宝宝大小测量表都会给你孕期的每一周列出一些对应的水果或蔬菜,而不是体育用品。比如胎宝宝7周时,有一个蓝莓那么大;11周,草莓;18周,番茄;34周,卷心菜。

因为当时我、达斯汀和我妈都在菲律宾,于是我决定把这个孩子——连同他那扑腾的踢动——铭记为宝宝蕉,这是菲律

波罗蜜的夏日回忆

宾最重要的水果之一。

宝宝蕉比美国常见的香蕉短,呈四方形,粗短而平滑。宝宝蕉树大约有9米高,长着几近蓝绿色的树干和叶子。以前说到宝宝蕉,我就会笑,因为我感觉它很像手。一束宝宝蕉有16只"手",每只"手"上有12到20根"手指"(单个香蕉)。就算到了今天,我在商店里看到宝宝蕉的时候都还觉得它们是手指。

我确信我比预期更早地感到了胎动——孩子在动,他正在享受他外婆老家的美食:炒面、春卷、海南蒲桃、杧果、虱目鱼,酷热时节的哈啰哈啰①,还有他爸爸给我剥好的红毛丹。那时我走起路来已经有点费力了。2006年的新年假期,我们去博利瑙看望了我的姨妈和表亲们。晚上,在当地的街头集市间,空气里总会弥漫着炸香蕉的甜味。

切成薄片的宝宝蕉用竹签串起来,蕉身上淋着浅棕色的红糖,油炸到酥脆的完美状态,但内里柔滑、滚烫,香味浓郁,肉身松软。这种街头小吃非常适合你和爱人出门溜达的时候

---

① 哈啰哈啰(halo-halo),菲律宾的一种特色冰激凌,可见本书倒数第二篇。

宝宝蕉

吃，顺便一起去看看公园里的篮球赛（当地人穿着人字拖，但仍能自在施展跳投和转身的动作），又或者仰望你从未见过的最壮观、最密集的群星。

宝宝蕉不必烹调就可食用，但烹饪以后的它们会更可口、更香。宝宝蕉体内的营养几乎和土豆的一样。它们可煮可烤，也可以切成丁放进哈啰哈啰里，或者碾制做成香蕉番茄沙司——一种全世界最热门的甜味酱料之一。宝宝蕉是地球上最坚韧的香蕉品种之一，但蕉农不得不担心在蕉树底堆积的水果残渣中存在香蕉球茎象鼻虫和香蕉蓟马，它们会让宝宝蕉生出虫害。

还有什么样的无形之手在召唤我再次来到菲律宾呢？菲律宾新年前夜的庆祝活动是我从未见过的盛大派对。那一夜，所有的岛似乎都被唤醒了，人们享受美食，卡拉OK机也整天都开着。一条只有三条腿的小狗绕着街区转悠，一圈又一圈，直至清晨，就像被灯光和噪声吓坏了的犬中的田径明星。在下一个街区的某个地方，一个小姑娘唱着"宝贝再次拥抱我吧"，她和她的妈妈轮番演唱，一连唱了一个小时。白日的鞭炮和烟火并非菲律宾的新年所独有，但大块朵颐，尽情闲逛直至凌

波罗蜜的夏日回忆

晨,是我前所未见的社区乐事。

新年前夕的团圆饭(Media Noche)是一场庞大的午夜家庭大餐,餐桌上会出现十二个圆形的水果。在午夜的钟声敲响之时,孩子们会尽力在家具上跳起来,或者口袋里装着硬币,尽可能跳得更高,以期长高变富。那一夜好像全城的人都在街上,吃着炸香蕉,溜达,溜达。广场上的人越聚越多,临近午夜时,我们开始往回走。为了肚里的孩子,我不想被嘈杂的爆竹声包围。我让丈夫为我们三个跳一跳。我十分清晰地记得他那夜的手——

他的手牵着我的手,然后摸着我的肚子,看看能不能感受到孩子在蹬腿或挥动小拳。那一周,孩子只有一根宝宝蕉的大小。一周前还和苹果一样大。我们发现,这个孩子有点夜猫子体质,我们无法完全预测他什么时候会突然开始跳舞。团圆饭之后,我小口小口地吃着甜点,果然——很快能看到宝宝的膝盖或手肘划过我腹部的皮肤,仿佛是想用手擦拭一面雾气朦胧的镜子,这镜子就是我的肚皮,他想把我们看得更清楚,或者只是在暗示他想再来点甜点:我还要,还要!

那时达斯汀和我正躺在沙发上,表亲们和妈妈都准备入睡了。达斯汀把手放在我肚子上,我放下盘子,把手搭在他的手上。那天晚上可能是我们第一次感觉到彼此的手,我们三个人的手。我们的手指摊开,覆盖我圆隆的肚子。我不知道我的手未来将要或能够拿起多重的东西。孕中期的那段时间,我了解到一个母亲的双手可以拿起的东西比她在梦中可以拿的多得多。再过五个月,我们的孩子就能把我的小指紧紧握在整个掌心中了,想想简直不可思议,但最终会发生,并且他这样做了一次又一次(我太喜欢他这样了,尤其是他因吃奶而昏昏欲睡的时候!)。现在,也就是我写下这些文字的时候,他的手已经比我的还大了。这些日子里孩子们不再经常握我的手了,但有时他们也会握,尽管我没有留意到。我不能老想这些,不然要掉眼泪。但我记得那时,在成千上万的星辰下——我们三个人的六只手都抻得很开,准备在新的一年里,迎接不会停止的尖叫、哭泣和欢笑。

草莓
STRAWBERRY

草莓

在我小时候,美国有一种很流行的玩具,那玩具闻起来很像草莓,更确切地说,那是一种有着草莓糖浆的塑料蛋糕的味道。这个玩具叫"草莓娃娃"(Strawberry Shortcake),她头戴一顶超大号的点缀着小白点的粉色童帽,穿着一套绿白条纹的衣裙,头发被烫成了一团奇妙的、带有深粉色光泽的甜点。她看起来就像一颗棉花糖。想到20世纪70、80年代的孩子们很喜欢闻那些化学气味,我就不寒而栗。那味道都在彩色马克笔、刮擦嗅嗅贴纸,还有全村到处都是的浆果补丁娃娃身上。草莓娃娃是其中的主角,太阳先生和其他浆果补丁伙伴都曾和她一起冒险,每日看守和照料他们的花园——浆果镇的恶棍除外,他被称为"豪猪峰的面包师",会东摇西摆地跳着舞来到

波罗蜜的夏日回忆

浆果镇偷走所有浆果,好用来做他的馅饼。

~

草莓是蔷薇科的一员,其植物学名称是 *fragaria*(草莓属),意思是香味。它的英文常用名 strawberry 的第一个音节似乎源自单词 strew(散播),这是对其匍匐茎的一种致敬,它们能轻松地传播果实,仿佛能让果实都散落在地面上。

~

草莓娃娃很像装填式的布娃娃,脸上有一些独特的雀斑,额头上钝钝的刘海从软软的童帽里露出来。她和她那只粗鲁的猫——蛋奶糊——同住在一栋用"酥饼"做的房子里,我对这个房子十分痴迷。母亲从没给我买过任何款式的草莓娃娃,不过她送过我一个叫辛蒂的娃娃,好像是樱桃味的。辛蒂的身材不像小姑娘,而是一个曲线玲珑的女人,可以想想芭比娃娃的形象。但辛蒂有着亮红色的头发,那头发闻起来像融合了肉桂和葡萄味的止咳药。有天,母亲下班后把她给了我,说:"看哪!这是一个闻起来像樱桃的娃娃!去玩吧,拿着这个!"但我在全国独立日庆祝活动上见过樱桃,娃娃身上的这种刺鼻的油性化学调和味……不是樱桃味。我是那种喜欢小火柴盒车的

草莓

女孩,如果没记错的话,我那年应该是剪掉了辛蒂的头发,因为那浓郁的气味似乎就是从她的头发上散发出来的。我母亲很不高兴——第一,她的大女儿似乎更喜欢汽车,而不是娃娃,浆果镇的那个除外;第二,不管她用吸尘器吸多少次,总能在地板上发现一些亮红色的头发。

~

我和丈夫在书写婚礼请柬时,想要标明日期,便请文具商印上了"相约浆果季"的字样,比如"五月二十九日,相约浆果季"。自从我们五月底在纽约州西部结婚以后,我们所有的朋友都知道我的意思其实是草莓季。对我来说,那是整个夏天最棒的时节。草莓是晚春最早成熟的水果之一。

~

据古史记载,早在公元前200年,罗马就有了草莓。罗马人用草莓来治疗抑郁症、发烧和咽喉疼痛。然而古希腊人厌恶任何一种红色的水果,并认为它们有毒或充满神秘的力量。如果你怀孕了,古希腊人会让你避开它们,这样就不会生下一个身上带有草莓状斑块的孩子。

~

波罗蜜的夏日回忆

在那段晚春的日子里,地面通常是湿冷的,哪怕夏季的湿热在白日里不断逼近,宛如你耳畔的轻声叹息。但草莓会先于这种闷热到来,它那美丽的白花预示着夏日将至。草莓是爱神阿佛洛狄忒的象征,因为它是红色的心形。草莓的花朵让我想起了贝拉,她是那年我们婚礼上天使般的金发花童(我很高兴地向大家告知,她刚刚大学毕业!)。那日,她头上戴着一顶白花冠,身穿一身小白裙,裙子最上方缝着花瓣。我现在还能清楚地回忆当时的场景,她就是一朵行走的草莓花,引领着我走向我的爱人。

~

草莓在欧洲尤具吸引力。塔利安夫人(Madame Talian)是拿破仑皇帝宫廷的常客,她因在浴盆里倒满新鲜的草莓汁而闻名,这是一种十分独特的沐浴方式。据传,为了拥有这种特别的浆果浴,她每次都要让仆人收集10公斤的草莓汁。不消说,这种澡不是每天都能洗的。在全盛期,法国国王查理五世的花园曾种植1 200株草莓——在欧洲任何一地,这都是惊人的数字。即使在今天,比利时草莓博物馆最受欢迎的展览之一也仍是小水果园——一个在夏天充满新鲜的迷你诱惑的浆果园。奶

草莓

油草莓这道甜点的发明者是英国国王亨利八世的宫廷侍臣托马斯·沃尔西（Thomas Wolsey），而亨利八世的第二任妻子——安妮·博林王后（Queen Anne Boleyn）的脖子上也有一颗草莓形的胎记。几位宫廷顾问借此指称她是女巫，并将其作为将她斩首的又一个理由。一年一度的温布尔登网球锦标赛的菜单上也有奶油草莓，这是最受人们喜爱的甜点之一，也是人们在观看激动人心的比赛时享受的一种传统。英国皇室成员也经常去光顾那些食摊。

~

1843年，辛辛那提的种植者第一次在装有草莓的箱子上放了冰块，从此，草莓的保存时间延长了，人们品尝这种甜蜜的时间变得更多了。草莓以能够迅速蔓延并覆盖花园的一角而闻名，但它们通常不是由种子生出来的。相反，草莓植株会生发出匍匐茎，它们生长在离土壤表面很近的地方，然后水平延伸。这些根须再长出新植株，而它们通常都会被用来培植其他植株。

~

维京人相信，婴儿死去时会以草莓的形态升入天堂，因为

波罗蜜的夏日回忆

草莓的种子代表婴儿的灵魂。在维京人看来,吃草莓相当于吃婴儿。对这种论调,我至少可以说很扫兴吧。

~

我总是被那些恶作剧者吓到,他们给白色的动物(主要是兔子,老鼠,白猴和白猫)拍摄,然后作弄人,这些动物看似纯洁、温顺,却有一张血红色的嘴巴,就像刚刚咬过新鲜的心脏或生肉。当然,兔子并非食肉动物,它们只是被喂了草莓罢了。

~

疫情期间,我在网上关注了一位独居的日本女人,她有五只茶杯吉娃娃。这个人似乎有些离群索居,至少在她发的动态中好像和谁都没有太多联系或互动,哪怕是有些距离的接触。她经常在做日式海绵蛋糕时给吉娃娃们吃一种饼干,我关注她的主要原因也许就是这些蛋糕实在诱人,它们是用柔软的、被精确切割的甜面包做成的,上面会裹上生奶油和完美的水果丁,主要是草莓丁。我渐渐习惯了这样舒缓的日常动态,即便描述的文字都是日文。

这位女士的年龄最大的吉娃娃在疫情暴发后几个月就去世

草莓

了。看着她打扮这只死去的小狗,把它放在她公寓楼庭院的一个篮子里,这一切都让我无法转移视线。另外四只小狗围着篮子跑,它们那逝去的伙伴占据了那小小的空间。女士还是会和五只小狗一起野餐,继续做海绵水果三明治。这种情况持续了好几天,她没有任何处理死去的吉娃娃(它还穿着婴儿服)的迹象,哪怕是告别,举办葬礼。我取关了她。我的心脏无法承受,这位地球另一端的女士仍能大口吃着切得整整齐齐的草莓三明治,我却为她感到难过。我不记得她的名字了,也不知道怎么去查找她,因为全是日文。但我还是想知道她是否安好。我希望她没事。

~

当你把草莓垂直切开时,它看起来就像一个卡通样式的心形。直到20世纪90年代,也就是我的朋友们纷纷开始结婚的时候,我才知道草莓可以切成更精致的形状,比如双玫瑰和双天鹅形,而且它们能在婚宴上始终保持优雅的姿态。我还不知道人们会酿"草莓酒",直到我听到蒂娜·卡特(Deana Carter)的年度歌曲——这是一首舒缓的夏日情歌,在我大四

波罗蜜的夏日回忆

那年的公告牌榜单上停留了二十周[1]。当时我正准备和大学男友告别，他要去另一座城市的法学院继续深造。

~

我是在精神病院长大的，和家人一起外出游玩的日子总会格外特别。周末母亲休息时，父亲就会宣布我们要去探索纽约州西部的偏僻小路。一次出行时，我们看到了一个木牌，上面写着"自行采摘草莓"。我想我父母可是很难拒绝这番美意的，尤其是紧张地照看了病人一周的母亲。在农场的摊位上，我们各自拿到了一个绿色的小纸板盒子，摊位后面的那位女士只说了句"玩得开心"。

~

在纽约州西部晚春太阳的照耀下，草莓很快会变成糖。噢，我十三岁时就不明白人为什么需要糖，直到草莓季节来临，我才尝到了糖的滋味。那座"自行采摘草莓"农场的草莓只比高尔夫球稍大一点，如果你在那个季节来得再早一些，它

---

[1] 1996 年 8 月，美国乡村女歌手蒂娜·卡特发行了《草莓酒》(*Strawberry Wine*)，这首歌在公告牌热门乡村单曲和歌曲排行榜上排名第一，并获得了 1997 年 CMA 大奖的年度最佳歌曲。——编者注

草莓

们会有两个高尔夫球那么大。草莓地一块又一块地延伸开来,仿佛要一直延伸到地平线,延伸到我视线所及的最远处。我们是戈万达村为数不多的亚裔家庭之一,对这个寂静的小镇还相当陌生。我一直不明白,我父亲在亚利桑那州的郊区生活了那么多年,在这个周围全是长着零星仙人掌的地方,他是怎么知道如何在两个小时车程的半径内找到所有最好的浆果地的呢?要知道,在五月底和六月初,这些浆果都半掩在那些落叶树[①]的新绿之中。在我们去新学校之前,父亲带我们了解了这一片片新绿之地,在此后四年里,我们都称这些地方为"家"。在开学前,他教我们通过每个月的当季水果来判断时节。五月和六月:草莓;七月:樱桃;八月:蓝莓。我们最先接触的就是草莓。

时间又快进到了二十六年之后。我的汽车后座上坐着一个快三岁的孩子,他旁边是一个六岁的孩子,两个小家伙在一起玩乐。新的工作让我又回到了纽约州西部,那时我在一所规模较小的大学就职。我在那个我最喜欢的地方找到了那个熟悉的

---

① 落叶树,在干旱时期或秋季会脱落叶子的树木。

波罗蜜的夏日回忆

草莓地的标牌,标牌已经被重新粉刷过了,焕然一新,但我总能认出它来。我们本来要去买些杂货,也许还要去书店待上一会儿,但那个牌子又把我吸引了进去,我没法错过。我想看到我的孩子们第一次从我手里拿过那些浆果的样子,想看着他们带着自由、热爱和渴望的心情吃掉它们。最后,他们的嘴巴看起来会像那些照片里呆呆的兔子的一样。我想在那儿指引他们用手采摘,在铺满稻草的走道上指引他们当心脚下,不让他们踩到水果,教他们蹲下来,在叶下寻找红色的惊喜。我想真切地记住那抹红色,在那充满甜糖与浆果之光的夏日。

香草
VANILLA

波罗蜜的夏日回忆

一想到香草,我就会想起儿子们。我的大儿子现在上高中了,他知道怎么刮香草豆荚,从中心开始,用锋利的刀尖切出一条缝。他知道怎么把豆荚拨开,露出里面的种子,然后用刀子钝的一端去刮。他知道怎么把黏糊糊的种子从刀尖上抹下来。我觉得他应该不记得我们一起处理过香草了,但我们有他爸爸拍的照片为证。

若不是因为一个男孩儿,今天这个世界甚至都不会有香草冰激凌、香草香水和带有香草的菜色和各类甜点。具体来说,那是一个十二岁的奴隶,名叫埃德蒙·阿尔比斯(Edmond Albius)。埃德蒙的母亲在他年幼时就过世了,十二岁的他在马达加斯加东海岸外的留尼汪岛上生活。他的主人是一个植物

香草

学家,他对自己种的香荚兰耿耿于怀,因为它们就是开不了花。1836年,一位比利时科学家观察到无刺蜂(只产于墨西哥)在为香草的花授粉,而如何给香草的花授粉这一问题正长期困扰着热带地区的种植园主,他们也想种植这种昂贵的香料,这是那时全世界仅次于藏红花的最昂贵的香料之一。历史学家们并不知道埃德蒙是受命寻找的解决方案,还是他自己想出了解决方案,但在1841年,通过反复试验,埃德蒙开发出了一种至今仍被世界各地用来为香荚兰授粉的技术。

香草藤能长到约9到15米高,但农民们发现,如果把它们弯下来并保持在低位,它们就能开出更多的花。这些藤上的花在炎热潮湿的气候下只能存活几个小时,这使得手工授粉变得格外困难,因为它们在早上绽放后,到烈日炎炎的中午就枯萎了。香荚兰闻起来很香,有点烟熏味,像肉桂。它的一朵花中包含雌雄两个部分。我十分欣赏那个孩子的观察力,那是十分细致的观察力。埃德蒙十分仔细地观察着那些花朵,带有淡绿色的白花的唇瓣上点缀着黄色的绒毛,吐出圆柱状花房——举世无一人曾有此发现,他一定是细致入微地凝视过,才从中窥见了灵光。埃德蒙用一根竹签挑起了花

波罗蜜的夏日回忆

药囊和兰花柱头间的那层薄膜(蕊喙),让它们能够接触,但为了让它们联结得更紧密,埃德蒙还把它们捏到了一起。如果授粉——或者植物学家所说的"联姻"——成功了,那厚厚的绿色花基几乎会立即膨胀,最终形成一个手指状的种子荚,在成熟时变成黄色,然后变成棕色。与人类婴儿的妊娠期一样,大约9个月后,香草豆就可以收割了,这也使得它成为兰科家族中唯一可食用的果实。

香草豆在白日的阳光下晒干后,一种包含着五百多种有机化合物的味道和香气就会弥漫而出。豆荚枯萎软化时会变成深棕色,然后散发出经典的香草味。你甚至能把一根豆荚缠在手指上,然后再解开它,而且不会将其折断——这就是它应有的灵活度。

有些白人植物学家无疑都想称这次的大发现是他们的,但埃德蒙的主人以一种罕见的团结与正义之心积极捍卫了他的发现,并邀请其他种植园主来看看埃德蒙到底发现了什么。事实上,这位奴隶主曾写信给出版商和编辑,以确保他们能让埃德蒙出现在留尼汪岛的历史百科全书中,即使其他植物学家都想贪功。埃德蒙的主人给留尼汪岛官方历史学家去信道:"我是

香草

[理查德]多年的朋友，不管是什么原因让他头疼，我都感到遗憾，但我对埃德蒙也负有责任。由于年迈，出现记忆障碍或其他原因，理查德先生如今在想象是他自己发现了给香草授粉的秘方，还想象他把这项技术教给了发现这个秘方的人！我们就让他幻想去吧。"

埃德蒙·阿尔比斯自身的故事，以及他的奴隶主如何注意到他在观察植物，这些都是未成文的历史。他允许埃德蒙和他一起研究植物，而不是像种植园的其他奴隶一样做苦工。埃德蒙在香荚兰间度过的所有时光又是怎样的？他把脸贴近花朵，让它们联姻，结出果实，却没有记录曾描述他有自己的孩子，甚至在他获得自由之后如何生活的描写也没有。我不会假惺惺地认为香草的香味在他没有自由身的时候能安抚他的心，但他的故事依旧十分罕见，至少得到了一点认可。他开发了一整个产业分支，一个白人将功劳全部（甚至不是部分）给予了他，即使另一个白人植物学家坚称埃德蒙抄袭了自己原创的技术。

在菲律宾培育出的一种杂交的兰花品种——塔希提香荚兰，被人带到了法属波利尼西亚群岛，主要由中国移民家庭在小型种植园种植。这些豆子比其他香草豆更短、更饱满，气味

波罗蜜的夏日回忆

中有明显的花香,糕点师们对其青睐有加。由于我们体内都流着菲律宾人的血液,我特别想和大儿子帕斯卡用这种香草豆来做我们家的第一份家庭自制礼物。那时他还在上幼儿园,我们还住在纽约州西部。香草精①是我们和孩子们一起自制的最可爱的礼物——只需要两种原料,香草豆和酒精。

  天气预报说会有一场大湖效应引发的暴风雪到来,所以我们准备在家里的壁炉旁度过那个周末。几周前,我订购了塔希提香草豆,还买了一些琥珀色的调料瓶,每一个的容积大约有118毫升。塔希提香草豆散发着花香和果香,有明显的樱桃的味道。

  为了制作香草精的礼品瓶,我给各个瓶子都打印了标签,上面写着三个月后即可使用。因为帕斯卡还在学习沿着直线和曲线剪纸,所以我小心翼翼地纵向划开了香草豆,种子露了出来。那些天里,我会用马克笔在彩纸上画出长长的线条,帮他练习流畅地剪纸。噢,我心里又想起了那段甜蜜又漫长的日子:他练习剪纸,我在他身旁读书,家里还播放着一些轻柔的

---

① 香草精,一种酊剂,通过将香草豆浸泡在酒精中制成,可用于烹饪。

香草

游艇摇滚乐[1]。而现在，噗！——我们都在考虑大学的问题了。

因为买了只有118毫升大的小瓶，所以需要两颗豆子和120毫升的纯伏特加。我让帕斯卡小心地把豆子切成两半，这样更容易把它们装进瓶里。我们用的是B级豆，尽管与迷人的A级豆相比，B级豆有一些瑕疵，质量参差不齐。而且豆子比较干燥，没那么软，但它们味道更浓郁，是萃取香草精的理想选择。只要确保豆子全部没入伏特加，然后拧紧盖子，轻轻摇晃一下即可。

帕斯卡很喜欢这个环节，我不得不叫他温柔一点，因为他想摇晃所有已经封口的瓶子，仿佛双手拿着一对砂槌。如果你像我们一样用的是琥珀色玻璃瓶，那可以把它放在厨房的岛台上；但你用的若是透明玻璃瓶，那就需要把它放在阴暗的橱柜或食品储藏室里，不然瓶中的液体就会挥发，或在阳光下变得浑浊。我在每个瓶子上都贴了一张提示用的纸条，上面写着把种子留在瓶子里，这样就可以在用掉一些以后加入更多伏特

---

[1] 游艇摇滚乐（yacht rock），一种流行于20世纪70、80年代的音乐风格，以柔和的旋律、和谐的和声和抒情歌词为特点。

波罗蜜的夏日回忆

加,然后将它再静置三个月。这豆子的效力足够持久,可以提取至少两批香草精。

14世纪,元朝人发明了冰激凌,以供应给宫廷。18世纪,法国人开始在冰激凌中加入香草。萨德侯爵(Marquis de Sade)在狱中曾叫人给他送些香草糖。法国国王路易十五的情妇蓬帕杜夫人(Madame Pompadour)喜欢在晚餐时吃香草巧克力,用龙涎香调味,再搭配芹菜汤和一把松露。香草是从法国传入美国的,尽管墨西哥早已开始种植香草了,当时托马斯·杰斐逊让一个巴黎的朋友给他运来了五十根用报纸包裹的香草豆荚。杰斐逊原创的冰激凌配方需要一根香草豆荚,人们认为他是第一个写下了一种冰激凌配方的美国人。几百年后,因为有助于提升各种冰激凌的口味,香草已常被添入其中。如今,香草味是世界上消费量最多的冰激凌口味。

但由于香草的生产成本太高,科学家们已经开始寻找并试验香草的替代品了。其中一个就是海狸香——一种出自海狸肛门腺和腺囊的分泌物,海狸会用它来宣示主权,在它们建于池塘里的水坝上喷洒,以标记领地。海狸香有一种温暖而香甜的气味,在很多乳制品和烘焙食品中都可用作香草精的替代品。

香草

不过值得注意的是,因为海狸香是从动物体内提取的,也被视为天然香料,所以你若读到含有这类香气或味道的加工食品的成分表时,就会发现这是个需要琢磨的问题了,对于我那些素食主义者朋友来说尤其如此。

即便如此,香草味最近还是被评为了全球最受喜爱的气味。牛津大学和斯德哥尔摩的卡罗林斯卡学院的科学家们向来自世界各地的9种文化背景的235人展示了10种香味,让他们来闻这些样本,其中一些人是美国和墨西哥的城市居民,还有一些是东南亚雨林的狩猎采集部落的族人,如马来半岛上的色末贝里族,还有来自中美洲太平洋沿岸的捕鱼群落的人和隐居于南美山区的农民。尽管他们来自天南海北,但都认为,新鲜的香草香味是他们的最爱。

在美国的房地产市场中,香草是地产经纪人们推荐在开放参观日和潜在买家来访时使用的主要香薰料。他们在烹调时,会在烤盘上滴一滴香草精,烤箱开大约15分钟,然后关掉,让它散发出那种刚烤好的饼干的味道。香薰理疗师说,香草的气味可以让人产生舒适、平静和满足的感觉。

我又想起了我第一次和大儿子一起做香草精的时候。我记

波罗蜜的夏日回忆

得那个周末下了一场暴风雪,雪积了半米厚,没过了我五岁儿子的腰。当下的我们与一个热带岛屿的距离是前所未有的远,家里的水管肯定也有结冰的危险。但那个周末,儿子紧挨着我坐在沙发上,我们把咖啡桌当成了临时的实验室厨房,我们一起为至爱们做了第一份礼物——小瓶的香草精。屋外的高速公路已经封闭了,除非有紧急情况,任何人都不得开车上路。暴风雪中,一家牧场的小房子里,一位母亲正在教儿子如何用红白相间的面包师细绳在每份礼物的标签下系上蝴蝶结。做一些并不永远属于你、却让你永念难忘的东西,是一种恩典。它会让你放慢脚步,思考将来以及他人的幸福。那个周末,我和家人在家中度过,无论洗了多少次手,我们的指尖上都浸润着香草豆的味道和兰花的微香,一连留存了好几个日子。

桄榔
KAONG

波罗蜜的夏日回忆

如车门般大小的象耳植物垂向了地面。垂下,摇摆,再垂向地面,静候着午后的雨水。垂下,摇摆,再垂下。我作为访问诗人来到了新加坡的一所大学,我把母亲也带了过来,让她看一看这里著名的植物园和云雾林。

我们在那儿看到了很多树,其中一个就是砂糖椰子树,很多人都称之为"希望之树"。它不仅可以用来制作家具、篮子、木地板、面粉,其树干髓心的淀粉甚至能做面包。对生活在河岸社群的人们来说,砂糖椰子树至关重要。在暴雨和狂风中,近20米高的砂糖椰子树是河岸上的一台巨大的斜坡稳定器,它们的指状根系能在暴风雨中牢固地抓地,防止宝贵的土壤被水冲走。

砂糖椰子树的果实名为桄榔,是菲律宾水果沙拉中的瑰

桄榔

宝,也是我最喜欢的哈啰哈啰的小料之一。一个绿色的棒球大小的种子外壳中包裹着三四个桄榔果。你可以生吃它们,但我喜欢把它们放到糖水里煮,它们就像抛光的乳白色石英一样闪闪发亮。吃哈啰哈啰的时候,我会把其中所有半透明的纸夹大小的桄榔留到最后,因为我喜欢那种黏稠又耐嚼的口感,尤其是它们被冰沙包围后开始冷却的时候。

有一天我休息,我和家人在狮城大厦吃饭,那是一座大型商场,位于购物区珠光宝气的中心地段。午餐时间,一个五六岁的小姑娘出现在我们的视野中,像是从自己的生日派对上跑出来的,乌黑的刘海直直地搭在眉毛上。我们的饭吃到一半的时候,她突然跑过来,气喘吁吁地,显然是迷路了,在找父母。她径直朝我们的桌子奔来,问我怎么回到自己的生日派对。我带着她在餐厅里四处走,寻找经理。她一板一眼地跟我讲,她没有最喜欢的颜色,一个也没有。我从没听过有人没有最喜欢的颜色,尤其是对一个孩子来说!在巨大的瓷瓶里,万蛛兰擎着五片花瓣,倦意沉沉地朝我们挥着手。

最终,在逛了一圈商场之后——经过了香水柜台、免费按摩区和茶铺——我找到了小姑娘开生日派对的地方,就在我们

波罗蜜的夏日回忆

吃饭的那家餐厅后面的一个角落。孩子失踪了快半个小时,可她的父母并不着急,也没有对我说声谢谢。我把她带过去的时候,他们甚至皱了皱眉。

我和母亲那天在兰花园度过了一个清丽氤氲的上午,在碰到那个迷路的小寿星之前,我们正打算去吃点哈啰哈啰当甜点。没错,在户外度过了漫长而黏腻的一天之后,还有什么比哈啰哈啰底部的冰凉桄榔更让人惬意的呢?哈啰哈啰绝对是这个国度里最冷的东西,那入口的冰凉就像一只噙着番石榴的巨嘴鸟[①]猝然坠入冰封世界。你可以想象它用塞满果子的嘴不停地削凿着一块裂开的冰。把落到海里的东西舀起来,加上奶油,那几乎就是哈啰哈啰第一口的口感。你得自己试试才能明白。

也许那个没有最喜欢的颜色的小姑娘会逐渐爱上哈啰哈啰碗里几乎无色的桄榔。也许多年以后,有人会问起她最喜欢的颜色是什么,比如在她乘巴士上学的路上,她更愿意望向窗外——也许她最终会回答:"桄榔的颜色。""桄榔,"她会这么说,"我最喜欢的颜色是桄榔色。"

[①] 巨嘴鸟(toucan),体长约67厘米,嘴巨大,主要分布于南美洲热带地区。

西瓜
WATERMELON

波罗蜜的夏日回忆

我很确定，我这辈子吃过的最冰甜的一块西瓜是一个洞穴人给的。"洞穴人"是人们对阿肯色州凯夫城橄榄球队的称呼。城里有块牌子，上面也写着"洞穴人之家"。罗斯答应和我在夏天暴风雨最猛烈的那个周末到孟菲斯碰面，我们约好了一起去参加凯夫城的西瓜节，看看"世界上最甜的西瓜"究竟是怎样的。时值新月当空——也是雷暴之间、仲夏的半月——天突然变暗，苍穹尽墨。有个古老的巴尔干民间故事曾说，满月可以把西瓜田变成吸血鬼。但我们很幸运，那个周末，空中挂着的是一轮新月。

五千多年来人们一直食用西瓜。它起源于苏丹，那里早期的西瓜瓤是白色的，也不像我们后来所知道和喜爱的西瓜那么

西瓜

甜。马克·吐温对西瓜的钟爱是出了名的,他称西瓜是"凭上帝之恩典统御大地上所有水果的君王",还说,"你只要尝过,就知道天使吃的是什么"。

阿肯色州上下都对这个西瓜节颇感兴奋,尤其是在过了几年平淡的日子之后。这一节庆起初因为疫情被取消,第二年又因为大雨而停办,雨水使得当地西瓜的藤蔓发育得太软黏,结不出好果实。这一节庆是为美国最甜的西瓜举办的庆典,举办地离我住的密西西比州只有几个小时的车程,我忍不住想去那里见见罗斯,此前我们都各自经历了几年的疫情岁月。至少,我无法想象还有哪位作家朋友会像我一样对西瓜如此痴迷,而且作为一名前大学橄榄球队的前锋,他也是我在欧扎克斯曲折的偏僻公路上的好伙伴。我们的计划是吃掉一大堆西瓜,尝尝我们能找到的所有品种——比如橙瓜(Orange Krush Watermelon),也许还有哨兵瓜(Sentinels Watermelon)——看看它们是不是真的最好吃。

重聚那日,天空已然电闪雷鸣,风雨大作。我寻找着当地各个西瓜农场的方向,料定这个节庆肯定要因为天气泡汤了。但最后我们得到消息,节庆照常举办,只有部分比赛和西瓜游

波罗蜜的夏日回忆

戏因为田里出现了巨大的水坑而被取消。这并没有阻止我们。我们出发了。到达的时候,空气里渗着一股寒意,我有些后悔自己没带上连帽衫——我总会提醒孩子们带上它出门,以防万一。我以为只会待几天,而且当时是七月底,所以我只想着带上背心裙,好似天气会一直保持在32℃左右,就和往年的这个时候一样。

除了被取消的5公里西瓜赛跑和投掷游戏,举办方承诺给游客们提供一顿煎饼早餐、一场西瓜游行和一次木屐舞表演。当然,还有最让我们兴奋的免费西瓜大餐。(我至今不明白这怎么可能会是免费的。他们肯定会呼吁人们捐款的吧?)在品尝西瓜盛宴之前,罗斯只想找油炸面团吃——他对垃圾食品一往情深,这面团就是其中之一。我在工艺品区闲逛,想买些好看的肥皂,又被一个卖鸟舍的人转移了注意力。

这是新冠疫情暴发以来我参加的第一场节庆,所以在每个摊位前停下来和卖家聊一会儿似乎都是极为愉快的奢侈。我经常独自旅行,因为有过一些和陌生人打交道的可怕经历,我不再像自己希望的那样向陌生人敞开心扉。但知道罗斯就在附近,跟另一个摊主聊着天,或者盯着炸面团车看,我就完全放

西瓜

松了。我认识了一整个社区的人,他们售卖狗狗用的大毛毯,各种各样的桌垫,还有灼刻着"去活、去笑、去爱"的木制标牌。一位农民告诉我,要种出又甜又健康的西瓜,你需要四样东西:水、阳光、蜜蜂和排水良好的沙质土壤。他说正是凯夫城方圆25到30公里范围内的土壤才使得西瓜如此之甜,赋予了它们独特的味道。

炸面团车似乎一直没出摊,这让罗斯很懊恼。但我们无意中听到一些志愿者在窃窃私语:"大餐,大餐,大餐!"就好像我们都受邀参加了一场秘密的仲夏派对。很快,一些身材魁梧的青少年(主要是白人)组成的高中橄榄球队(也就是洞穴人)把一辆巨大的冷藏车停在公园后面,开始像水桶接力一样把西瓜分发到各个折叠桌上,而其他洞穴人和他们的老爸也已在桌前站定,准备用大刀开切了。

这场在西瓜舞台后面举行的活动是此次节庆的重头戏。前一天,各个农场摊位和杂货店里的当地人都在乐呵呵地谈论着这场活动,眼中闪着光,他们都说这是一等的好事,不容错过。冷藏车周围挤满了人,尽管在场的黑人和棕色人种远没有我希望的那么多,但我还是很高兴地看到至少有一些

波罗蜜的夏日回忆

聚集在这里,尤其是考虑到节庆网站和宣传单上只有白人出席的画面。

队伍以蛇形排列穿过公园的小径,排在冷藏车前。我担心每个人只能分到一小块楔形的瓜,如果走运的话,也许能分到一块薄薄的圆形瓜。我注意到其中一位洞穴人的老爸并没有像切腌黄瓜片那样横着切椭圆形的西瓜,而是像切腌黄瓜条那样纵着切。我们每个人都拿到了一块巨大的楔形西瓜,有一条面包那么大。我抬头一看,只见几百人都脸朝下捧着西瓜——乐呵呵地、汁水横流地笑着吐瓜子。看到各种体格、年龄、外形和肤色的人们双手捧着巨大的西瓜块,走到公园中自己的角落与亲朋一起大啃,这景象太壮观了。

罗斯拿了他的那一块走到一棵树旁狼吞虎咽,我也吃起了我的。瓜瓤太冰了,我敢说每咬一口我都能尝到结了晶的糖粒。一位在节庆中卖短袖衫的女士告诉我,在不把西瓜冻结实的前提下,人们已经把冷藏车的温度调到最低了。一阵凉风吹得我湿漉漉的下巴和脸颊直发痒。我们的嘴角都粘着粉红色的西瓜汁,我自己都没意识到,直到一个可爱的女孩(可能是洞穴妹?)开始给大家发纸巾。就像别人说的,我们真是太狼狈

西瓜

了,在那天早上依然潮湿的田地和水洼间,我们还在吃着这种90%以上都是水的水果。(无怪乎穿越卡拉哈里沙漠[①]的旅行者曾把西瓜掏空,保留坚固的外皮,然后注满水,在旅途中将其作为水壶随身携带。)

周围的每个人在吃西瓜时,都是把一块瓜托在下巴处,本应是小嘴的地方显露出巨大的卡通式微笑。我都不记得我和罗斯吃瓜的时候有没有说过话了。我想没有。我对此时此地的这种甜蜜感到惊讶和难以置信。我看着罗斯,很难不笑出来,这位亲爱的老友正享受着他那一块,时而聚精会神,偶尔又皱眉认真琢磨着。他是那种难得的能和你宁静相处的朋友。我们可能前一分钟还在大喊大笑,下一分钟就一声不吭了。

后来我发现,在今年的节庆上,数量最多的瓜确实是一种名为"橙瓜"的品种。它的瓤是淡奶油糖果色或淡琥珀色的。在餐会上,我吃了一块这种西瓜和一块红瓤西瓜——可能是720号或皇家甜蜜。大约有七个本地家庭为这次节庆种了西

[①] 卡拉哈里沙漠(Kalahari Desert),非洲南部内陆干燥区,也称作"卡拉哈里盆地"。

波罗蜜的夏日回忆

瓜,其中很多都是第四代瓜农了。为了获得官方种植者的认证以及特殊的白色椭圆形凯夫城西瓜贴纸,瓜农们还必须去凯夫城商会注册。和佐治亚州的维达利亚洋葱(Vidalia onion)一样,只有生长在夏普县凯夫城地区的西瓜才能被称为"凯夫城西瓜"。即使我在密西西比州用凯夫城的西瓜子种瓜,那也算不上凯夫城西瓜。

一位老妇人在公园里走来走去,戴着印有西瓜图案的遮阳帽,嘴里念叨着:"瓜皮扔卡车里!瓜皮扔卡车里!"一辆老式的蓝色雪佛兰果然出现了,尽管我们俩都没看见它是怎么开过来的,它后面拖着一个巨大的空平板车厢。每个人大口吃完了各自的西瓜以后便把瓜皮扔到了这辆卡车的后车厢,里面的汁水跟着溅了起来。这可能是要喂给猪和马的,罗斯猜测。

在希腊北部教诗歌的那个夏天,我早上最常听见的唤醒声就是当地的西瓜农民叫卖的声音,他们开着装满西瓜的平板车,在萨索斯岛的乡村蜿蜒前行,口中喊着"西瓜(Karpouzi)!西瓜!西瓜!"。这是我最喜欢用在儿子们身上的一个爱称,尽管这些年来,他们的小西瓜肚已经消失得无影无踪了。在日本,你可以找到比魔方稍大一点的方形西瓜,可

西瓜

以在塑料框里培育。通常这些精致的几何西瓜的售价是100美元,和萨索斯岛上那些布满灰尘的土炮弹完全不同。

在判断西瓜熟不熟时,大多数人都会敲一敲西瓜听声响。听到的应该是一种轻柔的空鼓声,而不是金属的嗡嗡声,如果是后一种,那说明它还没熟。如果你就在农场,那还可以查看一下西瓜藤的卷尾或小瓣——如果它们在靠近瓜身的地方变成了棕色,那就已经熟了,可以摘了。你要把它从藤蔓上剪下来,而不是拽下来或扭下来,不然细菌或真菌就有可能进入瓜瓤,让瓜变酸。瓜靠在地上的那一面会生出一点黄油色的土斑。当然,瓜是越重越好的。

有纪录以来,最重的西瓜是田纳西州塞维尔维尔的克里斯·肯特(Chris Kent)种的,并在2013年得到了大南瓜联邦[①]的证实。那个瓜有150多公斤,大约和一台立式钢琴一样重。凯夫城西瓜远没有那么重——我可以毫不费力地拿起它们。出城的时候,我们在路边的第一个小摊停了下来,给我们的亲朋

[①] 大南瓜联邦(Great Pumpkin Commonwealth),一家权威的认定巨大果蔬的组织,每年都会举行果蔬大赛,成绩由权威专家评定。

波罗蜜的夏日回忆

好友买了一些西瓜。我们检查这些瓜，确保它们都有官方的凯夫城西瓜贴纸，然后各自挑了五六个，装进罗斯租来的车里。摊上的农民说，瓜摘下来以后可以保存两到三周，但在这一周最好、最脆。

第二天一早，我们就心满意足地离开了阿肯色州。我们驱车行驶在孟菲斯和阿肯色州乡村之间的开阔地上，经过了一片又一片鳞次栉比的田地。那里不是偶然形成的草原或牧场，而像是被人们有意种满了某种水果，里面有红色的小点，我们俩都没见过。我们把车停在路边，想看得更清楚些。这里是一家农场吗？我们沿着车行道的砾石路缘走近了其中一排植物，发现那根本不是水果。我想，当时我们脑子里肯定全是水果，以为这也会是水果或蔬菜，结果是一种美丽的花——鲜艳的粉红色的花。

开了好几公里都没有看到一辆车，我突然发现我们孤零零的。不知道罗斯有没有注意到这一点，或者说作为一个女人，我是不是已经习惯了担心这种事，总会去警惕是否会有危险。我们站在这片田野里，几公里开外，除了一个谷仓和一座看似空荡荡的农舍外一无所有，罗斯和我蹲着闻那种像蜡的叶子，

西瓜

摩挲着它们。我用手机上的一个植物应用程序查了一下，才知道它们是棉属植物的一员。我简直不敢相信，但我们确实是在一片棉花地里。我们就在那儿，两个棕色皮肤的人就在棉花之间大喊大叫！罗斯并不容易被吓到，但用不着多警惕，我们俩都觉得待在南方的一片棉花地里有些不妥。我们一句话没说，赶紧上了租来的车。

罗斯开着车，我们一路蜿蜒前行，回到了孟菲斯。我的车也停在那儿，他则从那里继续向东走，在他生日那天去看他母亲。开车的这一路经过了更多怒放的棉花田，我不断回想起我和罗斯一起做过的一件事。那是几年前在佛罗里达，我们的散文集出版之前身份都还是诗人，只是诗人。我记得那天晚上我问他："如果这是我们最后一次同台怎么办？"罗斯只是咕哝了一声，也抬头看着天上的星星，摇了摇头。"如果我们不再一起阅读，那就代表——"他顿了一下，"我们死了！"听起来可能有些不吉利，但如果是你，会对这个断言怎么看呢？是的，他是对的，这是当然，但我还是希望过很长很长时间后再到那天吧。

罗斯和我在成百上千块西瓜中度过了一个周末。我在这两

波罗蜜的夏日回忆

天吃的西瓜可能比过去五年吃的都多。真是惬意,这位老友让我笑个不停,也让我觉得我们还有很长的路要走——有很长的诗要创作,有很多的文章要写就,有些还要一起来书写。我们还要交换和比较更多的来自园中的恩赐(与烦恼),要一起继续欢笑,跺脚,直到喊叫起来差点再一次被赶出咖啡馆。

还有绵延无尽的西瓜在微笑。

黑胡椒
BLACK PEPPER

波罗蜜的夏日回忆

(一首夜曲)

夜曲是吟唱夜晚的歌,黑胡椒则是你唇齿间那令人陶醉的夏夜,让我们一起颂唱这黑暗吧——

世上从未见过这么小的浆果
能激起这般惊雷、引动轰鸣的航船。
小小的黑色流星,完美的火焰爆裂——
你曾将百万艘船停靠在印度南岸,
让层层苍白的肉体在夜里难眠,在黑暗中惊跳。
为寻找更快的商路,地图和作战计划被秘密绘制,

黑胡椒

以防有人

阻拦他们带回一袋袋黑胡椒的归途……

我跳着舞，踏着步，一路来到了印度的马拉巴尔海岸的喀拉拉邦，那是我父亲及其祖先生活过的土地，那里种植了几千年的开花胡椒藤。胡椒藤是一种多年生的常青藤攀缘植物，可以长到4米高，附着在支撑树或人造结构上。它能在马拉巴尔地区茁壮成长，是因为当地季风降雨多，海拔也较高。

这种植物干燥的核果名为胡椒，它可以是黑的、绿的、白的或红的。黑胡椒被称为"黑金"或"香料之王"。黑胡椒是在果实成熟之前收割的，在所有胡椒品种中味道最佳。这种植物有一种简单的、交替相间的叶子，呈椭圆形，会生出50到150朵花组成的花簇或花穗。小小的球形果实会在花穗上发育，一开始是绿色，成熟时变成红黑色。核果在太阳下晒过几天后，表皮会收缩，变暗，变成一种包裹着胡椒粒的厚褶皱层。

在古罗马，胡椒是地位的象征，富人会在甜点中加入胡椒，以炫耀他们的财富。为了这种香料，古罗马人的嘴巴能张得像洞穴一样，这些习惯了盐和糖的味蕾都会寻此物来享受刺

波罗蜜的夏日回忆

激与新鲜的滋味。在那些"洞穴"里,你会发现殖民者们就像书虱一样搅得地板不得安宁,只为搜寻蝙蝠的粪便,直到整个地面都开始颤动。黑胡椒的流行可能得益于社会地位较低的人模仿精英的渴望。

法国人有时会用胡椒来付房租,每个月都有一次带着香味的结算。可以想象,他们是在夜幕的掩护下做这件事的,毕竟谁愿意看你把香料放在一个布袋里,视之为全家人安身之所的租金,或许还会梦想拥有更芳香的未来?

在百慕大群岛,一年一度的胡椒庆典已经举办了两百多年。在这一活动中,共济会成员会赠送百慕大总督一粒胡椒,把它放在垫着软垫的银盘上,以换取租用老州议会大厦的权利。"胡椒租金"这个概念在英国和另一些国家至今通行,就是指象征性的房租。

曾经有一个讲述黑胡椒产生过程的阿拉伯神话:胡椒曾密布于恐怖的森林中,那里藤蔓窸窣,枝叶簌簌。胡椒在这些森林里茁壮成长,却很难收割,因为胡椒树都被毒蛇看守着。为了收割胡椒,农民们不得不放火烧树赶蛇。火把白胡椒熏黑了,让它们看起来又干又皱。每次烧过后,树都必须重新栽

黑胡椒

种，这需要钱和时间，所以黑胡椒才如此珍贵。

我们再来说说更黑暗的故事吧——留在坟墓里的黑暗礼物。人们在古埃及人的坟墓中发现了胡椒罐，于公元前1213年被制成木乃伊的拉美西斯二世的鼻孔里就被塞进了胡椒。据说克利奥帕特拉七世曾用黑胡椒制成的乳液涂抹皮肤。她胳膊和腿上的红热最终会变白，就像在黑暗的卧室里养金鱼一样[①]。

在中世纪，一斤黑胡椒就可以赎一个农奴，很多少女出嫁时的嫁妆就是黑胡椒，而不是黄金或耕畜。即使在今天，荷兰语中也有一个短语"贵如胡椒"，指最高昂的价格。

对那些饱受失眠之苦的人来说，睡前吃一点黑胡椒就能有所缓解。试试把它和姜粉一起泡在茶里，或者和一茶匙蜂蜜拌在一起。胡椒还被认为有助于缓解焦虑症和抑郁症，因为它能催生调节情绪的血清素。

古希腊人和古罗马人都喜欢用黑胡椒来点缀荤菜，领导人会为国库收集胡椒子，其价值不亚于金块。难怪哥伦布和达·伽马以及其他早期探险家都甘为其冒一切风险，在新月之

[①] 在黑暗的室内养金鱼，金鱼的颜色会越来越浅。

波罗蜜的夏日回忆

夜,仅凭星星的指引,穿越最黑暗、波涛汹涌的大海。一个月又一个月,无数个黑夜里,他们甚至都不能保证找到陆地。当然,我并不同情他们,那些劫掠者和杀人犯。用胡椒烹饪(就像用很多糖和香料烹饪一样)从来不是理所应当的事,那背后蕴含着关于胡椒的沉重历史和它从原产地被传播到全世界的过程。

我想起了一个埋头加班的夜晚,我在截稿日到来之前撰写或修改文章,听到了窗外的鸟儿低沉的合唱。那时应该才凌晨2点左右,太阳还没出来,所以这声音让我觉得极不寻常。但后来我问过一个喜欢观鸟的朋友,他说我没做梦。我在半夜听到的是一场大迁徙的声音——鸟儿们在离开中美洲和南美洲,想在夜幕的掩护和保障下及时赶往它们的筑巢地。几百年前,当低头看到那些诡异的大帆船在夜里幽暗的海面上起伏摇摆,为它们饥饿难耐的洞穴大嘴搜寻小小的火种时,鸟儿们会想些什么呢?

神秘果

MIRACLE FRUIT

波罗蜜的夏日回忆

以前我在别人眼里是个老姑娘。快三十的时候,还没结婚。"这么大了,太挑了,"我听姨妈们在厨房里这么说,"她肯定是有什么问题,她是最大的外孙女,还没结婚。就知道读书。啧啧。"但是,我有一份工作,终身教职,而且我干得很好。殊不知,学生们最爱二十六岁的、与他们赤诚相待的教授。我不断工作,攒钱买了自己的房子。在酷热、刮风、下着雨雪的天气,我都能独自照看我的院子。

多年前的20世纪90年代末,父亲给我介绍了一个叫神秘果的灌木。他第一次买神秘果是在佛罗里达乡村的路边摊上,还在电话里兴奋地解释了它的神奇之处,我必须承认,我不太相信他:"好吧,老爸!当然了,老爸!吃了这种浆果,再吃

神秘果

任何东西都会变甜?"让我更怀疑的是他说他还没有试吃过,因为他买的时候,这棵灌木还没有结果,上面只长着一些花。我以为他被骗了,或者是遗漏了摊主说的什么话。

我经常和父母聊天,几乎每天都聊,虽然他们从没提过,但我想他们肯定很担心为何我一个人待在他们所谓蓝色"玩具屋"里,不打算和任何人或事物分享这屋子。"像奇科(他们养的鸡尾鹦鹉的名字)这样的鸟怎么样?你要是撒手人寰了,这鸟会注意到的!你得学着照顾一些东西,艾梅!赶紧的!"

但我并不着急。我在照顾自己。在读本科和研究生期间,我和很多人约会过,虽然我找不出合适的语言来解释,但拥有一个属于自己的地方,自己的写作室,不用提着洗衣篮费劲地走到冰冷的停车场[①],这种感觉太好了,即便有时家里有点太安静了。这是我的梦想!

几个月后,纽约的一个朋友打电话告诉我,几周后会有一场神秘果派对,我想都没想就答应了。周末没有什么可以束缚

---

① 在美国可出租的公寓中,户内有洗衣机和烘干机的比例很小,租客洗衣往往需要去洗衣店或公共洗衣房。——编者注

波罗蜜的夏日回忆

我,我跳上了一架飞机,想瞧瞧这传说中的水果的甜蜜到底是怎样的。在21世纪最初那几年,这种神秘的浆果因其新奇的后劲出现于新闻头条。人们在家里、餐馆和屋顶聚会上都会举办"口味突变派对"。

神秘果植株上的红衣浆果大约有咖啡豆么大。它原产于热带的西非。这种不寻常的浆果含有一种名为神秘果素(miraculin)的蛋白质,最早是由日本科学家粟原坚三于1968年分离出来的。他的报告显示了神秘果素改变舌头上的味觉受体的过程。吃了这种浆果后,大约30分钟内,你吃的所有东西都会变甜——柠檬和橘子一样甜,咸苏打饼干吃起来就像曲奇。

我参加的神秘果派对是在一家如今早已关门的餐馆的里屋举行的。我不记得那家店的名字了,但记得那里的墙壁和灯光可能是红色的,餐巾纸是红色的,吧台上方还有一幅巨大的公牛画。有人推荐了一些"口味突变"的食物,但我们在这家餐馆吃的是泡菜、胡萝卜、山羊奶酪、健力士啤酒、新鲜的红洋葱圈、酸橙和盐醋味薯片。餐馆老板先让我们拿一个神秘果,慢慢嚼,嚼碎,让浆果汁浸润口腔,持续一分钟左右。

然后有趣的事情发生了——我们所有人,差不多十几个朋

神秘果

友,开始品尝每一道"菜"。有些人对某些食物没有觉出任何异样;有些人对几乎所有食物都有比较强烈的反应,但保持着相对的平静。我们当中的一些人(我不会说是谁的)对每种食物都有疯狂的过度反应,食物会突然在他们嘴里变得甜蜜无比。直到健力士啤酒出场——这是压轴戏,派对主人在聚餐时一直在大肆宣传它。"这是一道甜点,你们会明白的,你们会明白的!所有人都说它尝起来像巧克力奶昔!"尽管那天晚上我们的味蕾明显都发生了短暂的变化,但对这啤酒还是抱着最大的怀疑。

在我们喝上健力士啤酒之前,他又给了我们一个神秘果,也许是为了保持甜蜜的效力,因为味蕾的骤变只能持续半个小时。拿到啤酒后,大家开始碰杯、欢呼。我记得所有人的皮肤都泛着紫红色,我们那天都穿着粉红色调的衣服,在墙面上点缀的红色壁灯的光芒下依然光彩夺目——所有人都笑着,眼里闪着光,仿佛在心无旁骛地享用最美味的花蜜。多么甜蜜的一场纵情狂欢啊。不知怎的,感觉我们就像在享受着禁忌。派对主人说的确实没错:若是闭上眼,我会发誓那啤酒瓶里装的全是滑腻的巧克力奶昔。有一点我总是不想承认,但事实证明,

波罗蜜的夏日回忆

我父亲对这种水果的看法一直是对的——就像他对我生活中的大多数事情的看法一样。

在那次口味突变派对上,没人是结伴来的。但我们整晚都在欢闹,研究彼此的脸,噢,那时我们还没有手机,其中有几个人带着一种叫特拉克电话的笨家伙,紧急情况下还需要一张可充值的卡才能使用——我们只是不停地说啊,聊啊,叫啊,笑啊,每道菜都会引发大家难以置信的感叹(山羊奶酪不再是山羊奶酪,更像吃下了一口芝士蛋糕!),每个人都觉得那次派对太棒了。单身的那几年真是精彩。我们整晚都笑得合不拢嘴,一副芳香、宜人、柔和的模样。

用围巾包住口鼻的时候,我想我们都知道天下没有不散的筵席——我的朋友克里斯正在和一个即将成为他丈夫的人约会,而我的家里还有一封信在等着我,那是可爱的作家达斯汀写给我的。我和朋友们挤在街角,想叫一辆出租车,另一些人在街上晃晃悠悠地去赶火车——但那一晚就是纽约的友谊和美食的神奇一夜。当我们最后一批人坐上出租车时,味蕾略感到刺痛,大体恢复了正常,但我仍禁不住地觉得,至少在那天晚上,一切依然很甜。

苹果
APPLES

波罗蜜的夏日回忆

忘了吹吸树叶机吧。在秋天,我唯一能忍受的噪声就是黄蜂在苹果园里陶醉地缓慢盘旋、相互碰撞的嗡嗡声。在儿子们还小的时候,摘苹果对他们来说就是一桩乐事,也是一个早早能体验到"工作"的机会,摘下的苹果可以作为我们餐桌上的水果,也可用来做苹果派。他们会把装满苹果的纸袋提到胸前,坚持要我"再来一个,妈妈!"。他们蹒跚地走来走去,像黄蜂一样在果园的小径上彼此碰撞,伸出他们胖乎乎的手将一个又一个陆奥苹果、魔笛苹果、科特兰苹果或金鱼草苹果摘下,然后扔进袋子里。

我最喜欢的是爱达红(Ida Red),它的果肉是白色的,带点粉红色。这种苹果入口很清新,会在舌头上留下蜂蜜樱桃般

苹果

的余味。生吃苹果片能摄取非常高的果胶含量，它可以舒缓身体柔软部位的创伤，比如嘴唇上的割伤。

曾几何时，在这个星球上，除了浆果，所有水果都被称为苹果。番茄是爱之苹果，海枣是手指苹果，石榴是有颗粒的苹果，香蕉本身就叫苹果。如今学者们认为，古希腊神话中知名的金苹果其实指的是橘子。画作中的独角兽常与苹果相伴，据说那是这神兽最爱的水果。

据历史所载，第一次有父亲用弓把儿子头上的苹果射下来是在12世纪。（这一轶事后来演化成了瑞士的传奇人物威廉·退尔[1]的故事。）我记得小时候听过这个故事，觉得很讨厌。让我在意的不是父亲射出了那一箭，然后让儿子逃脱了；我满脑子想的都是那个男孩该有何等恐惧。我可以想象他站在那里发抖的样子，只等着被自己最信任的家人射出那一箭。

几十年后，同样的担心又出现了，我想象着十九个无辜孩子发抖的场景，他们在得克萨斯州的一所学校遭到枪击。在那

---

[1] 威廉·退尔（William Tell），瑞士民间传说中的抗暴英雄，以用箭射中儿子头顶上的苹果之举反抗奥地利统治者的暴政。——编者注

波罗蜜的夏日回忆

之前,布法罗城的一家杂货店发生的枪击案也让人心惊胆战,那里距离我第一次当妈妈的地方只有一个小时的路程,我还带着儿子们在当地的果园里摘过苹果。最近,在田纳西州的一个水族馆,又有孩子们遭到恐怖枪击的事件发生。有再多的苹果,都治不了这个国家的疾病。这是一种病,是我们柔软的腹部上的一处伤疤。

我们若是想起一个孩子恐惧下的颤抖,为又一次大规模枪击事件的新闻而心碎,那么也许有一天,我们最终可以对自己和我们的孩子发誓,比在家里持有任何战争武器更重要的,是帮助彼此多活一天的承诺。去关照我们的邻居(和他们的孩子),他们就仍有机会在苹果园里奔跑,吵闹,哪怕累得气喘吁吁,每只黏糊糊的小手里都捧着一袋好苹果。

皮塔三明治
GYRO

波罗蜜的夏日回忆

四十多年来,我一直在寻找我平生吃过的最美味的三明治:皮塔三明治(gyro,发音同"椰肉",在希腊语中意为"旋转")。我记得最清楚的是童年时候吃的一个皮塔三明治,我们是在一个极其和善的希腊家庭在商业街上经营的餐馆里吃到的,现在那里已经停业了,它是我见过的唯一一家让我父亲觉得自在的餐馆。那里的服务员们从没有取笑过他的口音,或刻意装作听不懂他的话。没有人会一直盯着我们看。

我发了很多电邮,打了六七通电话,全都石沉大海。我在旭日广场4341到4355号之间寻找着这家希腊餐厅,它至少在1984至1986年间还在营业。我手中的有关亚利桑那州格伦代尔的这条商街的线索都断了,仿佛这一切回忆和念想都是我凭

皮塔三明治

空想象出来的。

自20世纪70年代中期以来，羊肉馅的皮塔三明治一直是美国希腊餐馆的主打菜。据估计，全美有5万台立式烤架都在转烤着皮塔三明治的肉锥。切下几片肉，然后把它们裹在皮塔饼里，再浇上少许酸奶酱即可。这些肉要穿过一个四吨重的研磨机，肉馅中还要加入面包屑、水、牛至和其他调味料。倒锥状的肉被插在一个高大的烤架上，在热源或烤炉前缓慢转动。烤肉锥的时候，肉的下半部分要浇一些酱汁。完成后，要从肉的外侧垂直切出薄而脆嫩的肉片。

住在凤凰城郊区的时候，只有父亲和我们一起生活，母亲则在堪萨斯的一家精神病院上班。我经常难过，因为我很想念她，但不知该怎么说，即使在五年级的时候，我也很敏感，知道我若是哭起来，她肯定也会哭，这是我绝对无法忍受的。于是我埋葬了这些想念与感受，像一个移民者的好女儿一样，全身心地投入学业之中，成了一个寻常的"老师的宠儿"，尽管这并非我之所愿。我父亲是医院的呼吸治疗师，每月有两个周五是他的发薪日，那几天我们能外出就餐，这很难得，因为父亲更喜欢给我们做饭，而不是去外面吃。我和妹妹都会求他给我们买皮塔三明

波罗蜜的夏日回忆

治,印象里,父亲从没有拒绝过我们。有时他会带我们去溜冰场,或者城市中心购物广场[电影《比尔和泰德历险记》(*Bill & Ted's Excellent Adventure*,1989)就是在那儿拍摄的],他会允许我们去那儿的一家文具店,为自己的贴纸簿挑一张新的贴纸。

在没有母亲陪伴的那几周里,拿到外卖的皮塔三明治就是一种纯粹的快乐和释放。有时我们晚上会去游泳,更好的时候,父亲会加入我们,在我和妹妹仰面漂浮的时候给我们指着夜空中的一个个星座。我就像海星一样,在碧蓝的池光中慢慢地转啊转。

我在希腊近乎重拾了这种皮塔三明治的快乐。大多数夏日,我都在萨索斯岛上教诗歌,丈夫和孩子们也都会来。在那个岛上,皮塔三明治是用鸡肉或猪肉做的,皮塔饼里塞满了炸薯条。阿利基海滩上一家专营皮塔三明治的快餐车的老板知道我两个儿子的名字,因为我上午教诗歌的时候,他们经常去那儿。周末时,我们会游一下午泳,然后拿上鸡肉皮塔三明治返回海边的小屋。小儿子七岁以后,我们家的日常就一直是这么度过的,所以,我希望儿子们能记住这个"旅行三明治",我希望它能让他们想起那些在爱琴海学会游泳的漫长午后。

在我看来,若是想吃皮塔三明治,塞萨洛尼基市中心的埃

皮塔三明治

尔格列柯酒店附近无疑是整个希腊北部的不二之选。那儿的皮塔三明治里塞满了酥脆的炸薯条，一旦咬下去，你甚至就放不下来了，因为不可能再利索地把它拿起来了。它和一个七岁孩子的脑袋差不多大，如果你一家四口都点了皮塔三明治，那咖啡馆前人行道旁的一张小桌子肯定是不够放的，而且这人行道几乎已变成一条摩托横行的熙攘小路。

尽管皮塔三明治如今被归为一种快餐，但对我来说，它意味着放慢脚步，关注自己的家庭。它让我想起了儿时的自由自在：那是20世纪80年代，我捏着一把美元走进亚利桑那州的一家希腊小餐馆。它会让我想起最近在一个希腊小岛上度过的几周：晚上，在悬崖边的酒馆里，我看着我的孩子们和十几个陌生人以及我的学生一起跳传统的希腊泽伊贝克舞，所有人都依循传统，在满地的餐巾和破碎的餐盘间起舞。它也让我想起了那些星光璀璨的夜晚：我还是一个小姑娘，漂浮在凤凰城郊外家中的泳池里。我是一对移民夫妻的长女，并不完全知道该如何与父母谈论自己的情绪和感受之类的事，但我会对着星星默祷，希望母亲平安，希望群星在她离开我们去堪萨斯工作的时候能保佑她，希望她尽快回到这片沙漠，来到我们身边。

碧根果
PECAN

碧根果

我戴着眼镜,发髻凌乱地盘在头上,步履蹒跚地来到南卡罗来纳州弗洛伦斯县的一家酒店的大堂,喝了杯咖啡。我遇到的第一个熟人惊呼道:"我能看出来,你快疯了[①]!"

我的朋友们都知道我从来不会摆出一副扑克脸,而且,应该说我的摩羯座性格里并没有那种成分,你懂的,就是疯。所以我想我的皱眉和奇怪相对于那个穿着整齐、准备在晚些时候参加"像疯子一样跑步"比赛的人来说,是相当好笑的(也特别明显)。"你还可以注册,还来得及"。他用低沉的嗓音说道。"不了,谢谢你,"我说,"我只需要咖啡……"直到那

[①] "疯了"此处对应的英文原文为 go nuts。nut 一词亦有"坚果"之意。——编者注

波罗蜜的夏日回忆

时我才明白,这些带"坚果"的黑话都与南卡罗来纳碧根果音乐美食节有关。再后来我知道,这个节日还被《私家地理》(*Trarel+Leisure*)杂志评为了"南卡罗来纳州最佳秋季节日"。

我当时在弗洛伦斯参加皮迪小说与诗歌节,这是一个文学节,你能想象到的最友好、最受人欢迎的大学生都云集在此,但我很快发现,我会错过当晚碧根果节的主角,他们是唱过《我们是一家》(*We are family*)的雪橇姐妹(Sisters Sledge)组合和另一些20世纪70、80年代的红人。但我还是有几个小时来逛一逛那些摆满了各种坚果和工艺品的摊位,甚至在碧根果酒吧逗留一会儿(只是看看——反正离早上10点还有很久!)。我甚至和一颗立在主街中心的巨型的碧根果气球合了张影,还吃了那天最合我口味的碧根果,蜜脆碧根果。

这场庆祝活动的缘起是一种雌雄同株的树,碧根果树上的雄花和雌花分别生长在同一棵树上的不同位置。春天,雌花在靠近新枝末端的地方成簇绽放。雄柔荑花序[①]生于新枝的

---

① 柔荑花序(catkin),由无被单性花组成的密集的穗状或总状花序,通常出现在杨柳科和桦木科等植物中。它是无限花序的一种,花序上的花朵会持续开放,而不是像有限花序那样所有花朵同时开放并在短时间内完成。

碧根果

基部,沿着树枝生长。碧根果的花靠风授粉。碧根果这个词源自阿尔冈昆语①,意为"需要石头才能敲开的坚果"。在欧洲人第一次踏上这片新大陆之前,从伊利诺伊州,到墨西哥湾沿岸的密西西比河上下游,美洲原住民们已经吃了几百年的碧根果。

碧根果树长着鳞状的灰色树皮,绿叶在微风中摇曳,整齐均匀地生长在美国南部的土地上,每年产出1.3亿多公斤拇指大小、饱满的棕色坚果。原产于美国的碧根果已经成了我们最成功的本土树坚果作物。在我家所在的密西西比州,我最喜欢的碧根果产自月亮湖,那是一片位于三角洲的果园,有1 100棵树。卡拉汉家族会油炸碧根果,然后把它们扔进又甜又热的糖里,再拿到我们当地的社区市场上出售。孩子们放学后要完成越野训练,等他们的时间,我就喜欢到这个离学校停车场只有一个街区的市场去——径直走向月亮湖碧根果的摊位。

碧根果有1 000多个品种,大小不一,包括巨型碧根果、特大碧根果、大碧根果、中型碧根果、小碧根果、特小碧根果

---

① 阿尔冈昆语(Algonquin),美洲原住民语言。

波罗蜜的夏日回忆

和粒状碧根果。因为我喜欢了解各种食物极端的一面,所以对巨型碧根果格外着迷。碧根果树完全长成时,平均高度约为25米,或者说相当于4只长颈鹿的身高。这是一种高大的、令人印象深刻的树。当碧根果树结出的果实高到人够不着的时候,人们就会将沉重的棍子往上扔,把果子砸到地上。枝芽如疆土,鸟巢似王冠,好一个荒唐的坚果王国!

在南卡罗来纳州,查尔斯顿的奴隶主约翰·霍尔贝克(John Horlbeck)是最早种植碧根果的人之一。他命自己的奴隶栽种碧根果树,大约十年后,他的布恩霍尔种植园便拥有了令他骄傲的15 000棵碧根果树,那也是世界上最大的碧根果林。你可能还记得影片《恋恋笔记本》(*The Notebook*, 2004)中描绘的布恩霍尔,女主角艾莉童年时的避暑之家。其实布恩霍尔就是一个很适合碧根果生长的地方,它们在那儿长得更快也更容易,这要归功于路易斯安那州橡树巷种植园的一名奴隶园丁——安托万,他将优质的野生碧根果嫁接到了幼苗根茎上,成功地培育出了碧根果。这是美国首次出现这样一种商业上可行的嫁接碧根果树,为我们提供了这种以前还被人认为是野生食物的坚果。

碧根果

这种新的坚果品种大受欢迎,以至于安托万的新奴隶主休伯特·邦扎诺(Hubert Bonzano)都觉得这些碧根果好得足以在1876年于费城举办的美国独立百年展览会上展出,并戏称它们是"百年之树",一同与它展出的展品还有贝尔发明的电话、雷明顿打字机、亨氏番茄酱,以及自由女神像的右臂和火炬。每年十月,在路易斯安那州收割坚果的奴隶们都会用长杆敲打这些百年之树,直到坚果掉落,然后另一批人就会用大棉布把它们收集起来。《南方碧根果杂志》(*Pecan South Magazine*)指出,1904年的美国农业部年鉴中这样描述该品种:

尺寸大而均匀;形状较长,呈扁圆柱形,楔形顶端很细;基底呈圆锥形;颜色为明亮的灰褐色,靠近顶端处有少量紫色色斑;外壳较厚,分心木较薄;裂壳性中等;果仁清晰,浓黄,有深而窄的沟槽,但相当光滑,很容易与壳分离;饱满,实心;质地和口味细腻,品质极佳。

尽管这种美味的、黄油般光滑的碧根果越来越受人喜爱,

波罗蜜的夏日回忆

但这些新的百年之树用了15年才长出碧根果,再加上美国对糖的需求不断增加,以及种植商要求种植生长速度快得多的甘蔗,安托万的许多碧根果树很快就被砍伐了,以便为甘蔗留出更多空间。

碧根果是南方的代名词,因为它的天然繁衍地就是南部的九个州,从得克萨斯州一直到沿海的南、北卡罗来纳州。这片区域的坚果仁质量高,培育改良品种也相对容易。碧根果已成为美国的"坚果女王",除墨西哥州外,南部各州是全球唯一的碧根果主产地。碧根果是美洲原住民的坚果之冠。这个词也是价值或身价的象征——一位迈阿密印第安人领袖曾在韦恩堡签署条约,他的名字就叫帕坎(Pacan)①。

在弗洛伦斯的这场自诩的碧根果盛会中,我被各处的声响所震惊。为了盖过乐队和萨克斯管巨大音乐声的呼啸,那些赌运气的小贩必须实打实地叫卖出声。在跟我聊过的摊贩和当地人来看,碧根果这个词的正确发音是"劈砍",而不是可怕的"扑砍"。他们说,只有北方人和路易斯安那人才这样发音。那

---

① 与pecan(碧根果)同音。

碧根果

天没风,但我听到了一种爆裂的声响,一种压碎带壳的调过味的坚果的嘎吱声。它们都被包在蜡纸筒里,可以让人们在散步时解馋。撒落在街上的坚果也为拴着皮带的狗狗们提供了一顿名副其实的坚果自助餐,它们的主人则穿过摊位,完全没有注意到小狗在路上发现了什么免费的零食。再过几个小时我就要赶飞机了,但我还是逛了逛这些摊位,想着要带哪种碧根果回家。我给儿子们买了几袋碧根果,因为我一向都让自己尽量不空手而归,尤其是参加各种美食节的时候。这是一种小小的纪念品,可以收集起来,塞进我的外套口袋;也是一种宝藏,可以在即将到来的冬天与他们分享。

土豆
POTATO

土豆

母亲做的咖喱鸡最让我垂涎的部分就是泡在生姜、香菜和孜然里的土豆。这道菜是生于喀拉拉邦的父亲教她的，但我得说，我们所有人（尤其是我爸）还是最爱妈妈做的。她做的这道菜总能让整个厨房都散发出辛辣的泥土芬芳。每每练完网球回到家，闻到那股香味我就能睡一个好觉，好到如今我这个成年人无数次梦寐以求的那种。妈妈总会把土豆炖得稍微软和一点，不太辣，但又足以让我们吃的时候微微出汗。从大学回家时，母亲总会用这道菜给我接风，它也是我最喜欢的菜式之一。

我一直认为自己有很多时间来学这道菜，而且几乎记下了她做的每一道菜，但不知怎么的，就是没记下这道咖喱鸡。

波罗蜜的夏日回忆

我试着每隔几个月至少做一次，但酱汁和土豆的味道一直都不对。不像她做的。现在她很难在厨房里走动了，她来的时候，主要都是我和丈夫做饭。我翻遍了烹饪书，试遍了食谱，希望能做出和她的咖喱鸡差不多的口味，却都没有成功。但我有信心，总有一天会再次为家人变幻出那些香喷喷的土豆。只要不断尝试新的食谱，不断实验，一定会接近那味道的，对吧？总有一天？

而现在嘛，抬头看，向上看。土豆是有史以来第一种在外太空种植的食物。不起眼的土豆之所以能从地球上所有的可食用植物中被选中，是因为它营养丰富，而且能在极端温度下生长。1995年，一棵土豆植株的10片叶子被埋进了土壤。它的5根插枝被保存在威斯康星州的一个实验室里，另外5根被哥伦比亚号航天飞机送入了太空。仅仅几周后，实验室里的植株就长出了弹珠大小的土豆，而在离地表数百公里的地方，即使是零重力的情况下，那些太空植株也长出了同样大小的土豆。

早期的苏格兰人不吃土豆，因为《圣经》里没有提到土豆。有些人甚至称土豆为"魔鬼苹果"，说土豆会导致麻风病、失明和性欲过剩。"一个土豆，两个土豆，三个土豆，四

土豆

个!"被误解的还有库克船长①、沃尔特·雷利②乃至叶卡捷琳娜大帝③,他们试图说服人们相信这种了不起的作物,但都失败了。法国国王路易十六和皇后玛丽·安托瓦内特(Marie Antoinette)率先在头发上戴上了土豆花,还把这些花枝塞进纽扣孔里,最终说服了人们食用土豆。一名皇家顾问在宫殿周围开垦了土豆园,白天让穿着鲜艳制服的卫兵守在那里,晚上又故意支开卫兵,实际是为了鼓励当地人溜进去挖土豆,然后分给其他人。拜伦勋爵则哀叹它的催情作用:"这毕竟是激情和土豆酿成的可悲后果。"

秘鲁的克丘亚人有1 000多个词来描述这种作物。他们在收获季会跳两步舞,裤腿要卷到膝盖上——他们每跳一次,都会把这些味苦的、弹珠大小的块茎中的水碾出来,把它们变成干土豆酱。在漆黑的霜冻之夜,它会变干,在半年的时间里,

---

① 詹姆斯·库克(James Cook),18世纪英国航海家,三次远征太平洋,绘制了澳洲东海岸与夏威夷群岛地图,以为殖民扩张铺路。——编者注
② 沃尔特·雷利(Walter Raleigh),伊丽莎白时代探险家、诗人,建立了英国首个北美殖民地。——编者注
③ 叶卡捷琳娜大帝(Catherine the Great),俄罗斯帝国女皇,推行西化改革,吞并克里米亚。大幅扩张了俄领土,推行开明专制。——编者注

波罗蜜的夏日回忆

其中的结晶淀粉就能养活整个村庄。

Estar en las papas（成为土豆一族）这句谚语意味着，一个人终于能负担得起香蕉干以外的饭食了。在秘鲁的保卡坦博谷，人们可以像阅读盲文一样阅读柔软的土地，去搜集土豆，每一堆土豆都是维持生计的机会。小菠萝、珊瑚蛇、紫橡皮糖——什么样的都有，就是没有我熟悉的棕色椭圆形土豆。有一个小而平的品种叫 *mishipasinghan*，意为猫鼻子。还有一个多瘤难削的品种叫 *lumchipamundana*，意为让新娘流泪的土豆。夏末，在阿昆博村能看到一大批这种让人讨厌的多瘤土豆。主妇们每削一个都咬牙切齿，压制着围裙下的颤抖，诅咒这丰盛的果实。

每年有十亿多人食用土豆，然而至今没有一个星座以这种不凡的蔬菜命名。但或许应该有一个——让我们在天秤座的天平附近放一个吧，等着人们来衡量它的价值。有多少人给不起眼的土豆调味，把它切成扇形，将其煮、焙、炸、烤、炒，切、剁、削和捣碎。我很喜欢做一件事，就是和父母在一起的时候请他们出去吃饭，馆子任他们挑，无论是在拉斯维加斯、檀香山还是牛津。但不管那些餐馆用的是精美的瓷器还是从餐

土豆

车里拿出来的蜡纸盛放食物,我都没能找回儿时吃过的咖喱辣土豆给我带来的慰藉。也许下次我尝到那种滋味的时候已经在另一个星球了,也许是在另一个宇宙的另一个星系的闪耀尘埃之中。但如果你在我之前发现了咖喱辣土豆,请让它们远离大熊座和小熊座,熊很爱土豆,众所周知,它们抓呀抓,挖呀挖,才能吃到这种最丰盛、最壮实的蔬菜。

滨库樱桃
BING CHERRY

滨库樱桃

第一次独自在果园里摘樱桃的时候,我还以为自己要被杀了。那段时间,父母总告诫我要"小心点,小心点,时刻留意你周围的情况",而我偏偏在一个樱桃园里放松了警惕。那年夏天,我搬到了纽约州西部的一个小镇,成了我们一帮朋友中第一个获得终身教职的人。我经济独立了。这是我成年后第一次无须对任何人负责。这意味着我又单身了——我在研究生院谈的恋爱没有结果,在一个有9 500人口、以白人为主的小镇里,我一直有些焦躁。就这样,我独自开车拐进了樱桃园中的一片铺着干草的空地,就位于这个沉睡小镇的边缘。当时我的车牌上写的是"猫王的雅园"[①],我猜那个樱桃园主人的儿子就

[①] 美国乐坛巨星猫王的故居名为"雅园"(Graceland)。

波罗蜜的夏日回忆

是靠这个想到了和我搭讪的办法。

樱桃园主人的儿子拖着脚步走到我身后,递给我一只白色的大桶。他看上去那么和蔼,那么害羞,头发乱蓬蓬的,厚镜片上满是指纹——几乎可以说可爱。从眼角的皱纹来看,他应该快五十了。他告诉我哪些树上的果子是"甜的",通过哪些梯子能找到"酸的",哪种最适合做派、挞和半圆馅饼。那里还有一些安妮皇后樱桃(Queen Anne),是鲜艳的、桃子般淡粉和黄色的球形樱桃,就像被伊利湖上的夕阳亲吻过一样。果园里到处都是木梯子,他提醒我不要爬到最上面两级。他问我是不是附近的人,我说我几周前刚搬到了这里,他笑了笑,拖着靴子回到了路边的小摊上。

我的确发现了这个停车场里只有我这一辆车,也的确注意到这个守着樱桃摊的家伙喜欢跟人近身谈话,近得足以让我看到他高高的牙龈和厚镜片上的所有指纹——但这儿有那么多果子,他让我摘的时候尽量多吃,因为第二天雷雨就要到来,这些果子很快就会裂开,向鸟儿和虫子们敞开多汁的果肉,早早腐烂。

我直奔那些甜美的暗色果子——滨库樱桃,它们颜色深

滨库樱桃

红,果身饱满,内里似乎充斥的是血液。七月初,在艳阳下的果园里,我看到一团团果子闪着耀眼的光,感觉就像坠入一场醉人且狂热的梦,眼见树上满是弹珠大小的暗红色小球。我简直不敢相信果园的人说我可以随意品尝,因为那里有成千上万串——每串都有七八个。我很快就后悔自己穿了帆布鞋,因为滴落的樱桃汁很快就把我的鞋底和鞋边都染成了紫色。

每个梯子我都爬过了。我以前也爬过梯子,但这次不同:我把手伸到树梢里时,觉得自己就像一只鸟。我觉得好像没人能看到我,对初入学院后的前景也一无所知。每上一步都让我有点发晕,只能尽力在空中保持着不足以稳定的平衡。我获得了一份自读研起就一心想要找的工作,还以为这种好事永远落不到我头上,毕竟教授们每学期都会反复提醒我们:"要准备好B、C和D计划——别指望能找到工作。你们要是找到了,那很好,但这可打不了包票!"此时此刻,我还有仅仅几周时间就要开启教授创意写作的生涯了,而这种单脚站在梯阶上的平衡,以及一次次向如此美丽的水果伸出手的感觉,让我既兴奋又焦虑。

滨库樱桃于1875年在俄勒冈州培育而成,名字取自俄勒

波罗蜜的夏日回忆

冈州莱韦灵果园的工头——一个叫阿滨的中国人。根据各种口述史，他身高有一米八三。阿宾在那个果园工作了35年，参与培育了一种饱满的新樱桃品种，但由于1882年通过的《排华法案》，回到中国与妻儿团聚的阿滨再也无法重返美国了。我敢肯定，阿滨从未真正意识到他对樱桃产业的影响有多大。

农民们知道，一棵滨库樱桃树每年能结出近35公斤果实。这些樱桃呈心形，丰满，果肉是紫红色的，里面有一个特别适合参加吐核比赛的果核，因为你放嘴里随便咬几口，它的所有果肉就会剥落。它的果皮几乎是黑红色的，像红酒一样深，汁液也是，我的鞋子可以证明这一点。

我记得那个男人告诉过我，摘的时候要尽量保留它们的茎，"这样可以让它们在冰箱里保存更长时间"，他说。樱桃纷纷落到我的桶里，听来就像一场甜蜜的雨，一种在我心里发出的甜蜜的咚咚声，而这颗心刚从一场失恋中恢复过来。我公寓里的行李还没有完全拆封，里面全是我去年在麦迪逊参加诗歌联谊会时带回的东西。在这里，我即将成为一名教授，我把一些纸板箱当成咖啡桌和茶几使用，再过两个月就要开学了。我租的公寓里没有洗衣机和烘干机，我也没找到镇上的自助洗衣

滨库樱桃

店。但在这些树之间,我觉得知道自己在做什么,尽管我以前从未来过樱桃园。

就在四处寻找一棵尚未被采摘过的树时,我感到身后铺着稻草的草坪上有轻柔的脚步声离我越来越近。我转过身,他就在那儿——樱桃园主人的儿子忽然间站到了我身前,真的太近了,他手里还拿着一张猫王的旧唱片。"你在外头忙完了之后,我想我们可以进去听听猫王的唱片。你是他的铁粉,对吧?"我从自己短暂的樱桃白日梦中惊醒过来,绞尽脑汁地想着他是怎么猜出我喜欢猫王的,但后来我明白了——他看到了我的猫王车牌。

这时的我们已经在樱桃园深处,离公路非常远,就算有人碰巧把车停在那个樱桃摊旁也听不到我的尖叫了。此刻我吓坏了。我退了一步,他向我走近一步;我又退了一步,他又向我走来。我知道我该说什么:"我想我已经忙完了。我要回车里拿钱包,好付钱给你。"然后我就沿着通往我的车和果园摊位的小路急匆匆地往回走。但他也拖着脚步走到我旁边,对我说:"哦,如果你还在摘,那我也不急,我们可以等会儿再听唱片,我整个下午都在这儿。"我急忙回答"不用,不用,我

波罗蜜的夏日回忆

得走了,我得打几个电话"——这是我在这种时候的标准反应。

在费力回到果园摊位的途中,时间变得漫长又煎熬,我加快了脚步,好让他称一下我的樱桃,这样我就可以上路了。我把樱桃倒进牛皮纸购物袋时,他问周末能不能请我出去喝咖啡,或者听唱片也行。我没有马上回答,他说:"好吧,我猜你现在有男朋友了!""对,对,"我说,"我现在得给他打个电话。"

上车后我才松了一口气,但手还在抖。我忽视了所有的危险信号,让自己陷入了可怕的境地。我被乡村小路上那些向我招手的球形水果迷了心窍。

回家后,我把冰箱里的东西挪来挪去,以容纳摘回来的樱桃。我暗自笑了起来。如果我当时对他感兴趣呢?那我就有了一整个果园,想什么时候去摘就什么时候去摘。也许是因为那次令人毛骨悚然的遭遇让那日的我想想就发抖,所以我写了一首诗来宣泄这恐惧的情绪,一方面我觉得有趣,一方面也是为了消除自己那挥之不去的不安。这还是我搬到新公寓后第一次觉得自己能够写作:

滨库樱桃

拒绝和樱桃农约会的女人

我自然后悔。想那日在水果的荫庇下，
那红色的水果只能在夏天结出。

人字拖晃荡，钓钩轻晃。柠檬水中的冰块浮沉，薄荷枝叶斜倚，滑入了蓝色的玻璃茶杯。

我满身尘土，马尾辫歪斜着，
指尖犹自淌着殷红，它原是受伤的樱桃坠入桶中时溅落的果血。

但——他一定还是窥见了某种微光般的可爱之处。

他指点：此树最甜，
彼树怀两颗果核——吐出果肉，噢，你的舌头上有两个小石（孪生籽噗地吐了出来），教人唇间架起一台微型机枪。

可曾说过？我最爱的颜色是红。

他的牛仔裤破旧不堪，在靴子上缘变得皱巴巴；
他的手粗大但小心，轻快灵活，足以从树上摘下水果而不会撕裂薄薄的果皮；
他的眼镜沾着樱桃上的粉尘和他的指纹。

波罗蜜的夏日回忆

我只知晓他把手塞进口袋,

道了声"好,试试也无妨!",拖着脚步走回他的路边摊,

整理他的果酱罐和成堆的桶。

我犯了一个可怕的错误。我只知道我的夏天本应溢满派饼,挞盖和半圆馅饼——无数的庆典。

在韦克菲尔德·马斯特(Wakefield Master)的作品《牧羊人游戏》("The Speherd's Play")中,圣诞故事里的牧羊人们非常贫穷,对耶稣的诞生一无所知,所以他们在去看望马厩里的玛利亚、约瑟和婴儿时,没有准备任何正式的礼物,但其中一个人碰巧为这个神圣家族带来了一串樱桃。

樱桃在一首15世纪的民谣中也发挥了重要作用,这首民谣被收录进了二十多张现代唱片,因而得以广为流传——个中歌手形形色色,琼·贝兹(Joan Baez)、爱美萝·哈里斯(Emmylou Harris),彼得、保罗和玛丽三人组(Peter, Paul and Mary)乃至斯汀(Sting)都相继录过一版。这首民谣讲述了玛利亚在前往伯利恒的途中非常饥饿,休息的时候,她问约

滨库樱桃

瑟能不能给她摘些路边的樱桃。约瑟那天无疑格外小气,因为他数落了玛利亚半天,反问她怎么不叫那个让她怀孕的人为她弄点樱桃。这首民谣最吸引我的部分就是婴儿耶稣在子宫里命樱桃树放低枝丫,让玛利亚能够到它们,约瑟看到这幅情景时吓坏了。当然,他马上就悔改了:

那是樱桃,那是浆果,
红如心头血。玛利亚谦卑而温和,
她轻唤约瑟:
"给我摘些樱桃吧,
腹中的婴儿在生长。"

约瑟怒火中烧,
愠色梁上眉间,
"让你孩子的父亲去采,
休想我成全!"

圣婴耶稣启唇齿,

波罗蜜的夏日回忆

虽在腹中,言语铿锵,
"给我母亲一些樱桃吧,
弯下来,樱桃树。"

樱桃树应声弯下,
俯首叩向大地,
玛利亚摘下樱桃,
约瑟呆立在旁。

约瑟扶玛利亚
坐在右膝上,颤声问天命:
"主啊,我竟犯何罪?
求您宽恕我。"

~

　　众所周知,人们特别喜欢用樱桃木制作风笛。但是,苏格兰人觉得这么干不吉利,因为樱桃树又称"巫婆树"。在苏格兰流传的说法是,永远不要把稚嫩的樱桃枝带进你家,否

滨库樱桃

则便要招来厄运。可是，好运一直跟随着我的脚步，就像那次樱桃园脱险。第二年春天，我开车经过那座果园时，白色的樱桃花散发着柔和的泥土香气，让我想起了杏仁皮——一股清新的微风拂过我的鼻端。我写的那首诗最终成了我第一本书中被选录最多，也教授最多的诗之一。二十多年后的今天，依然有人会在各种活动和学术访问中请我朗读那首诗。樱桃枝不会弯下来让我去摘，但我更喜欢爬到树冠间，闻一闻那醉人的气息。因为那下面都是被弃掉的樱桃，过早掉落的樱桃。我也从未踏上梯子的最上层，但我喜欢待在那片果树的树冠里，那个安全的区域，哪怕只是一小会儿。

康科德葡萄
CONCORD GRAPE

康科德葡萄

我在纽约州西部的葡萄带附近住了十五年,每年秋天,那里飘来的气味几乎就像有人在你鼻子下面端着一杯葡萄味的酷爱饮料——每年此时,道路都会变得芬芳而美好。

我的两个孩子都出生在葡萄带。这条带状地区蜿蜒穿过了伊利湖东南岸,靠近纽约州和宾夕法尼亚州的交界,长约90公里。两次怀孕期间,我们都会在路边小摊前停下来,那些深蓝色的小球就在绿色硬纸板做的浆果盒里向我们招手。起初几个月,我吃得太多,我开玩笑说我儿子的大脑、骨头和心脏就是一半的康科德葡萄和一半的炸薯条拼成的。

这种葡萄也叫"臭鼬葡萄"或"狐狸葡萄",因为它独特的气味像狐狸身上的,有人说它闻起来还像一件旧毛皮大衣。

波罗蜜的夏日回忆

葡萄种植者通常很担心葡萄卷叶蛾、葡萄叶蝉、根虫和白粉病。葡萄在阳光下变甜、膨胀的过程让我着迷。有一次,我的朋友带着我驱车拐下了高速公路,去了印第安纳州的一家杂货店,只因为他看完电影后想吃葡萄,千万颗在黑暗中悄悄生长的葡萄也让他如痴如醉。

和肉桂一样,葡萄籽也是在至少3 000年前的埃及古墓中和木乃伊一起被发现的。康科德葡萄源自名为以法莲·威尔士·布尔(Ephraim Wales Bull)的居民的花园角落里的种子,他们可能是康科德当地的一些男孩或一只飞过的鸟撒下的。这种水果成熟得很早,个头又大,特别好吃。布尔把这种芳香水果的消息告诉了梭罗等邻居,他的朋友纳撒尼尔·霍桑(Nathaniel Hawthorne)以马萨诸塞州的这个小镇给这种藤本植物命了名。布尔在广告中说,康科德葡萄是一种带有典型美国北方人特色的本地葡萄——它有一副"好肩膀",这说的是在垂下的一串葡萄的顶部向外延伸的一大簇。

这位康科德葡萄的培育者去世时穷困潦倒。他的墓志铭上写着:"他播种。其他人收获。"在美国引入康科德葡萄后的一个世纪里,这种紫葡萄的销量超过了所有其他品种的总和。今

康科德葡萄

天，美国的种植者们每年要收获超过33.6万吨康科德葡萄。华盛顿州种植的最多，其次是纽约州、密歇根州、宾夕法尼亚州、俄亥俄州和密苏里州。康科德葡萄的皮较厚，人称滑皮果（slipskin），独霸纽约州西部葡萄种植总面积的95%以上。

我必须承认，获得终身教职的第一年是格外寂寞的。我的家人刚搬到佛罗里达——父母退休了，妹妹找到了一份新的护理工作，我是梅森–迪克逊线①以北唯一的内茨库玛塔尔家族成员。我的同事大都和我父母同龄，或者已经结婚生子。此后几年里，我没有认识任何同龄的亚裔美国作家。但我并不觉得孤单。因为我初中时交的朋友罗恩就住在敦刻尔克，那是我住处附近的一个湖岸小镇，我能步行到他家，所以我们经常见面，一起散步，吃冰激凌。他让我了解了当地所有的浆果活动、水果节和玉米节，也知道方圆65公里内最好的自行采摘地。我们会一起对着可爱的男孩儿傻笑，闲聊上学时那些在我们十二岁时恐吓过我们的坏女孩。罗恩没空参加银溪镇葡萄节，虽然那些日子我讨厌独自旅行，但还是不想错过。我鼓起

---

① 梅森–迪克逊线（Mason-Dixon line），美国南北方的分界线。

波罗蜜的夏日回忆

勇气,穿上凉鞋,孤身一人向银溪进发了。

这个镇的葡萄节是纽约州历史最悠久的节日。2017年,他们以葡萄的名义庆祝了五十年来的欢聚。和千百万美国人一样,我是第一次看到踩葡萄的情景,也是唯一一次:露西尔·鲍尔(Lucille Ball)女士在老黑白剧集《我爱露西》(*I Love Lucy*,1951—1957)中就上演了这一幕。韦尔奇的踩葡萄比赛是葡萄节的主要活动。组织者会把三个桶排成一排,每个桶的底部都有一个洞,葡萄汁可以由此流入一个量杯。比赛的形式是三人一组进行对抗。看了几个回合后,很明显,踩出最多果汁的关键无疑是尽可能加快步子,还要扭摆转动——就好像你是一只急匆匆的鸭子,不知道该往哪儿跑,不停改变方向。如果你不想跟人比赛,只想安静地踩踩葡萄,无需同侪给的压力,那可以转向音乐节上的一只更大的塑料桶,它的直径和儿童泳池差不多,你可以花点小钱在里头踩上一会儿。

我就进去踩了,因为我不想跟任何人比赛,被人围观,我会很害羞,太害羞了。我不想让我的学生看到我一个人像踩到蚁丘一样踩脚,这太羞耻了。我也不敢走近葡萄甜点桌,因为各家人都把折叠椅放在那些桌子旁,就我一个人盯着甜点,我

康科德葡萄

感到难为情。那儿还有一场甜点比赛，看谁能用葡萄做出最好的甜点，但我还没看到谁赢就已经离开了。尽管我喜欢那天现场的音乐，但我太害羞了，不敢去跟着那些乐队唱跳，甚至羞得不敢在啤酒帐篷里买瓶啤酒来尝尝。

我看到葡萄女王在游行前和男朋友吵了一架，皇冠都歪了。发现我在看他们时，她张开了嘴，好像要对我说什么，但表情很平静。要坏事。我赶紧躲开他们，和几个七十多岁的老人一起坐到主街上。

但，我在怕什么呢？当时我找不到合适的词来形容自己的状态，好像我认识的所有人都结婚了，或者在某种程度上安定了下来，尽管我的工作和写作事业都蒸蒸日上，我的首作也将在第二年出版，但我对自己将来的家庭的想象却十分模糊。有孩子的可能性近乎没有，我甚至不敢和最好的朋友分享这种期望。我觉得我最亲密的朋友们都知道我想成家，比如罗恩，但他们什么都没说，因为他们知道，只要一提这事，我的眼泪很可能就会立刻出现在眼眶里。在这次葡萄节上，几乎每到一处，我都会想到自己是孤身一人。事后想来，若是刚刚从一次分手中恢复过来，那最好还是别去参加这种

波罗蜜的夏日回忆

活动。我去了。然而——

某种东西（除了令人垂涎的气味）把我拉回了甜点摊。我能做到的，我心想。以前有很多次我都不得不当新来的姑娘，那时候可没有甜点能让我放松。但在葡萄节上，那些笑得最多、看起来也最面善的人都在甜点帐篷里晃悠，所以我最终也还是回到了这里。我第一次尝到了葡萄派，那位好心的女摊主问了我的名字，跟我聊了起来。我告诉她，这个派是我吃过的最好吃的水果派之一。她还把我介绍给了她的女儿们，不想她们就住在我那个镇上，离我家只有20分钟的路程。她的一个女儿恰好是葡萄宝宝比赛冠军的妈妈，她又把组织这场比赛的女士也介绍给了我。我遇到了镇上的图书馆馆长，还有几位女士，她们认识我在教会的一些朋友。她们的丈夫最后也围了过来，我看得出来，他们为我一个人的出现感到颇为讶异。因为我开车过来，自己发现的这个节日，甚至还脱下凉鞋在公共大桶里踩了葡萄。那里的大多数女性都不会独自在节日活动中做任何事。

我在研究生院经历了失恋，又在一个以白人为主的校园

康科德葡萄

里成了少数族裔的青年教师，来参加葡萄节，其实就是为了逃避这种双重的疏离感。在这里，我遇到了一群又一群人，他们在我啃着那块葡萄派的时候把我叫了过去。在我离开之前，又向我展示了将来葡萄节会用到的最佳的踩踏技术，而且非要让我带一块还热着的葡萄派回家不可。这些刚认识的可爱的人给我留下的最深印象就是，他们都很乐意回答我的问题——如果有好几百人整天把脚放在葡萄酒里，那酒能有多干净、多卫生？他们被逗乐了，有些人还大笑起来。我对这个问题表示质疑，但他们都承认第一次踩葡萄的时候也想过这个问题。他们让我放心，所以食物都很干净，很卫生，不用担心，这是真的——根据《葡萄酒观察家》(*Wine Spectator*)杂志所说，几乎没有哪种人类病原体可以在高酒精浓度的葡萄酒环境中生存下来，包括金黄色葡萄球菌和脚上存在的其他细菌。几百年来，在欧洲的一些地区，"葡萄酒实际上是为数不多的安全补水来源之一"。

在葡萄节上，我看到很多人的帽子和短袖衫上都有关于果酱的有趣又憨傻的口号，比如"献给对果酱的爱""永远是果酱时代"，以及我最喜欢的"果酱甜甜圈也有馅儿！"。但除了

波罗蜜的夏日回忆

回答"是韦尔奇先生"外,没人能告诉我著名的康科德葡萄酱是怎么来的。

原来在1869年,牧师兼牙医托马斯·韦尔奇(Thomas Welch)曾试图为教堂的圣餐仪式找出防止葡萄汁发酵成葡萄酒的办法,结果无意间发明了这种早期的果酱。他的儿子查尔斯也参与了这些实验,并推出了"葡萄糕"(Grapelade),后来它成了第一次世界大战期间士兵的主要口粮,极受欢迎,就连他们回家后还会叫嚷着要吃。

距离我第一次踩葡萄已过去有二十余年了,但我依然能清晰地回忆起那种感觉。我说的不仅是黏糊糊的汁液在我脚趾间的触感。我记起的是,在阳光下晒了一天,被一群新朋友包围着,然后回到家里打开冰箱,把刚认识的人想和我分享的甜食放进去的感觉。第二天吃早饭的时候,我甚至没有热一下那块葡萄派就吃了个精光。虽然已经是九月了,第一片银枫叶也已经从树枝上飘落下来,但那一刻,我感觉还像身处夏天。不过,天哪,那些在我嘴里爆开的葡萄真是多汁,又冰凉。

枫糖浆
MAPLE SYRUP

波罗蜜的夏日回忆

我在知道冬末第一次满月的名字①之前,就已经注意到它总是特别明亮,也许我们只是习惯了笼罩北方各州的黑暗。在纽约州西部乡村的树林里,可能最微弱的香气闻起来也略有不同,在冰雪稍稍消融的日子里,树叶和嘎吱作响的雪闻上去更加香甜。而在青蛙的聒噪声提醒我们满园春色即将到来之前,糖月或树液月也标志着又一个平静而安宁的夜晚来临,即使深冬已然离去。

我并不太怀念纽约州西部的严冬,希望你能谅解,因为我在那儿生活了十五年,走路去学校上课时都要踏过齐膝高度的

---

① 北美印第安人称冬末的第一次满月为糖月(sugar moon)。

枫糖浆

雪,开车时无数次都差点滑出高速公路,有时候还因为各种各样的天气原因被滞留在机场。然而每当二月来临,在整个没有颜色的冬天,和围巾、靴子、铁锹、瓦罐锅炖菜一起的生活让人渐觉焦躁和略感厌倦的时候,我最喜欢的阵阵飘雪也降临了,我几乎可以预料,枫树将迎来它琥珀色的崩裂。雪淞又厚又重,包裹着(用来取糖的)糖枫树林的基底,使其根部保持着低温,恰好让它们长不出叶子。

制作一加仑①枫糖浆需要40到50加仑的树液,还要不断搅拌,撇去浮沫,所以我很乐意让枫谷糖厂的好人们来做这项了不起的工作。我喜欢在雪淞出现之后带儿子们去尝尝甜甜圈和我们最喜欢的枫糖糖果———一种由压成硬块的枫糖做成的叶状小甜食,到你嘴里就会碎掉并融化。有一年,糖厂老板们甚至让我四岁的孩子有幸获得了"敲、敲、敲"的机会,让他在徒步参观糖厂的拥挤人群前把一根插管钉到树上。贾斯珀把这件事讲了好几个月,洗澡的时候、睡觉的时候,尤其是我们吃早饭的时候,一直说不停。

---

① 1加仑≈3.8升。

波罗蜜的夏日回忆

如果你在冬末去不了糖厂,那枫糖的实际味道可能也不会离你想象的很远。往炖锅里倒一些新鲜的雪,放在户外或冰柜里。将四分之一杯①的纯枫糖浆煮沸,直到煮糖温度计的读数达到116℃,把它浇到雪上,会生出各种花样——枫糖就做好了。(可不要烫伤了舌头——即使淋在雪上,它也是滚烫的!)

我尝过几种佛蒙特州的枫糖浆,比如山顶枫树农场出产的,还有一些比利时进口的。涂在荷式松饼上,我至今都很难形容它的味道。根据加拿大农业部的数据,实际上市面上有91种独特的口味。他们绘制了一个"风味轮",根据枫糖浆的复杂差异做了分类,分为13个族系:香草类,乳脂类,焦糊类,花香类,果香类,辛辣类,异源发酵类,异源添加类,草本类,植物基类(森林、腐殖质或谷物),木质类(柴火或锯末),枫树本源类,最后是糖果类。

在熬制枫糖的季节里,将新鲜的枫糖培根和枫糖浆浇在一盘热气腾腾的华夫饼上,或者一碗钢切燕麦片上,这预示着一个小小的承诺,那就是绿芽和阳光在每天早上都会更早

---

① 1杯=250毫升。

枫糖浆

一些钻进我们家的厨房。我们正准备迎接一个甜蜜的新季节,口中含着真正的糖——就像我们在整备花园,翻阅种子和鳞茎目录,看着番红花的第一根新枝在雪凇中戳来戳去时尝到的一点点花蜜。

小龙虾
CRAWFISH

小龙虾

嘬头,捏尾!那是我在南方的第二年,但还是不太会吃这玩意儿。第一次看到小龙虾是在凤凰城郊区,当时我上四年级,科学课老师给我们全班展示了小龙虾。卡斯先生是我小学时最喜欢的老师,有一天他说他抓到了一些,我记得我们看到他的桌旁有一个儿童泳池,里面装了一半水,还有一些像我小拳头那么大的石头。这位受人敬爱的老师甚至还是我写过的一首诗的主角,这首诗叫《卡斯先生和甲壳动物》:

……多年来我一直在寻找我四年级的
科学课老师。卡斯先生

波罗蜜的夏日回忆

给了我们每人抓来一只小龙虾,那是他在
凤凰城郊外找到的,那时商业街
尚未用冰冷的氟利昂
与玻璃幕墙吞噬整片美丽的沙漠。
卡斯先生

在课间休息时陪我们一起踢足球,课前总允许我查看
我那只在蓝色塑料泳池里的
机敏活泼的小龙虾,
我可以把脸贴在水面上,

看看它是不是还活蹦乱跳着。我羞于承认
这些时刻对我有多么重要,我是教室里
唯一的棕色皮肤的姑娘。我多希望能告诉卡斯先生,
我从未停止过对水域的查看——

无论是池塘、湖泊,还是海洋。

小龙虾

小龙虾是密西西比人的叫法,但我丈夫是堪萨斯人,他从小到大都叫它蜊蛄(crawdad)。在瑞典所有的小龙虾派对[①]上,它们都叫小龙虾,其他名字包括克雷迪虾(craydid)、山龙虾(mountain lobster)、螯虾(yabby)、泥虫(mudbug)和小蜊蛄(crawdaddy)。世界上最大的小龙虾是塔斯马尼亚小龙虾,平均重约5公斤,大约有两瓶2升的苏打水那么重。最小的小龙虾名为螯虾,这个小东西是在澳大利亚东南沿海的湖泊中发现的。它长约1.2厘米,重量相当于7个回形针。

在4 000平方公里的阿查法拉亚盆地中,小龙虾繁衍生息,与短吻鳄、玫瑰琵鹭和黑冠夜鹭生活在一起。小龙虾在水中行走的速度比在陆地上的更快,而且在陆地上行走的方式极不寻常:它们会把前螯抬起,然后向下捣,同时踏出桨一样的游泳足,仿佛它们是在溪流和沼泽中蝶泳,进行着强有力的反划式移动。

瑞典国王埃里克十四世在卡尔马城堡的护城河里养殖了小

[①] 小龙虾派对(kräftskivor),瑞典八月的一个节日。人们会聚在阳台上和花园里带着尖顶帽吃小龙虾。

波罗蜜的夏日回忆

龙虾,这是斯堪的纳维亚式小龙虾派对的源起。三个世纪后,公众重新接受了瑞典国王吃小龙虾的习惯:小龙虾要完好无损,冰凉,浸泡在莳萝水里,在热闹的户外聚会中被端上来。这些露天派对逐渐成了瑞典文化的代名词,也是如今瑞典夏季美食游魅力的一个很大的组成部分。每逢八、九月的小龙虾派对季,家家户户的院子、大小餐馆里都挂着一簇簇纸灯笼,上面画着在微笑的月亮。你可以在这些灯笼的光亮中,在商店里找到纸帽子、彩带和围兜。

斯堪的纳维亚的奥斯塔欧洲螯虾(flodkräftor)是北欧地区特有的小龙虾。20世纪初的一场瘟疫几乎让这一物种惨遭灭绝,政府迅速采取行动,制定了一项法律,限定每年只有八月后的几个月可以捕捞小龙虾。为了纪念这项法律的施行,并提醒人们保护小龙虾,小龙虾派对季也是从那时开始的。

美国南方人通常会在三到五月烹煮小龙虾,因为淡水小龙虾在温暖和多雨的环境中生长得最好。传统的烹饪手法是将小龙虾和玉米、香肠、土豆、香料一起炖,再将炖好的佳肴分倒在长桌上食客的餐盘中,这样朋友、家人和邻居就可以享受一个凌乱的下午了——我说的乱是卷起袖子大快朵颐的乱。你要

小龙虾

用手把小龙虾的尾部扯下来,剥掉第一个尾节,然后把肉挤出来,或者嘬出来。如果你想冒险,也可以剥开小龙虾的上半身,吮吸那些黄色的东西——一个被称为"小龙虾黄油"的器官,被认为是小龙虾头胸部最好的部位。

长桌(1.8米或更长,取决于接待的客人数量)上要铺些报纸或屠夫纸①。你可以买张扑克牌桌大小的桌子,中间有个洞,下面有个垃圾桶,用来放剥掉的尾巴和烹饪残余。小龙虾简单的煮法是它吸引人的一部分原因——你可以在旁边准备一个大废纸篓用来扔它的壳和腿,以及一两卷纸巾,用来擦你那滑溜溜(又辛辣!)的手。

在美国南方,拥有小龙虾相关的人脉几乎可以说是一件很有面子的事——你可以随便透露有一个熟人或者邻居认识一个小龙虾养殖户,能给你优惠。

我落笔于此之时,密西西比州正是煮虾的季节,城里每个加油站都满是售卖小龙虾的推车和卡车,而这段时间通常也

---

① 屠夫纸(butcher paper),一种用来包肉的厚纸。

波罗蜜的夏日回忆

与大斋节①重合。煮小龙虾活动是一种相当新的烹饪聚会——直到20世纪50年代末，食用这类甲壳类动物都与贫穷相关联，当时路易斯安那州的布罗布里奇（"世界小龙虾之都"）举办了一次小龙虾节，助力修正了以白人为主的经济地位观。在接下来的几十年里，吃小龙虾成了社会各界的一项社交活动——平日里，人们会出去捉小龙虾，到了周末，煮熟后红得发亮的小龙虾就上了餐桌。

小龙虾也可以作为宠物饲养——我的老师告诉过我，它们几乎什么都吃，包括自己蜕壳后的碎片，因为其中的钙含量很高。我记得我看过一张可怕的小吃的卡通画，上面画的是一只小龙虾，它正在吃自己的碎壳。尽管我搬到南方以来一直很喜欢参加当地的煮虾活动，但在很大程度上，现在的我越来越难参与其中了——人们似乎无法对小龙虾在被煮的时候是否会感到疼痛达成一致，但有一道槛我过不了，大多数小龙虾在烹煮过程中释放的应激激素皮质醇尝起来都很苦。

---

① 大斋节（Lent），基督教的斋戒节期，源于耶稣在旷野禁食祈祷四十昼夜的传说。

小龙虾

知道这一点后,我就不吃它们了,这也让很多南方朋友对我投来几分异样的目光。

我记得四年级的时候曾经央求爸爸早点送我去学校,不要等到校车来接,这样我就有时间在第一声铃响之前去查看我的宠物小龙虾,喂它一些生菜,给它换水。我喜欢看着它藏身于我在儿童泳池里为它摆好的石头下面,回望我那张戴着眼镜的十岁的脸。搬到南方七年后,儿子们说想吃小龙虾,或者在说"煮"(boil)这个词的时候,都开始有了那种慢悠悠的南方拖腔,现在听来更像他们通常说的"球"(ball)。

没办法,不是吗?南方就像一只滑溜溜的小龙虾爬进了我们的身体。就连小龙虾这个词也会在你说它的时候让你噘起嘴。所谓南方口音的所有变体可能是我在这世上最喜欢的口音(除了菲律宾口音),我听到儿子们说话更慢,比七年前会稍微拖长一点,他们的口音听起来就像一场派对前的停顿,仿佛是他们口中的一场南方春日庆典。

黄油
BUTTER

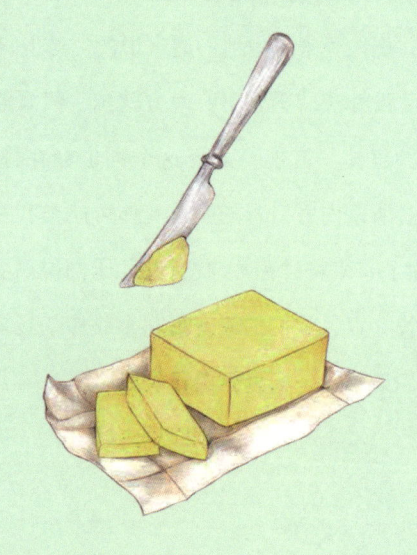

黄油

(一篇随笔①)

伊丽莎白·亚历山大（Elizabeth Alexander）在其诗作《黄油》("Butter")中写道："我们……从里到外发光，那是一百兆瓦的黄油。"黄油（及其所有变体）让我和我爱的很多人都感到愉悦。我想查明它的底细（你也可以说是黄油覆盖的锅底），寻找答案。

~

---

① 这里的随笔（随筆，ずいひつ）是日本的一种文学体裁，由松散相连的短文和碎片化的思想组成，通常是作者对周围环境所做的回应。

波罗蜜的夏日回忆

举个例子,公元前2500年的苏美尔泥板上描述了一种根深蒂固的宗教信仰,其追随者会定期向他们的神庙供奉黄油,以满足女神伊南娜对乳制品的渴望。苏美尔人留下的文字也表明了人们对制作黄油这一行为的崇敬,比如有段落这样写道:"搅乳器的摇晃将为你歌唱,伊南娜……由此让你获得快乐。"

~

根据TasteAtlas.com网站的数据,全球最受欢迎的十种黄油依次是:

第十名:阿尔特乌赫尔-塞尔达尼亚黄油(西班牙)

第九名:阿登黄油(比利时)

第八名:玫瑰黄油——卢森堡大公国的知名品牌(卢森堡)

第七名:布雷斯黄油(法国)

第六名:特拉布松黄油(土耳其)

第五名:索里亚黄油(西班牙)

第四名:伊西尼黄油(法国)

第三名:尼特基布黄油(埃塞俄比亚)

黄油

第二名：夏朗德-普瓦图黄油（法国）

以及世界上最受人喜爱的黄油，也可能是因为我父亲的故乡印度一国就有十几亿人：

第一名：酥油（印度）

三千多年来，印度教教徒一直在神殿里用金属杯向克里希纳神①大量供奉这种美味酥油。印度酥油非常适合热带地区，因为它很耐贮藏。只要你把这种美味的黄油添到一个盘子里，它就会自动成为你嘴里的盛宴。

~

已知最古老且至今仍在使用的黄油制作技术与现在通行的做法非常像：叙利亚的农民会剥下山羊皮，把干皮捆成一个防漏的容器，装满牛奶，然后把它挂到树上，来回摇晃，直到黄油块形成。

---

① 克里希纳神（Lord Krishna），印度教主神，为智慧、爱情、幸福和战争的象征。

波罗蜜的夏日回忆

~

黄油对古挪威人来说珍贵无比,几桶黄油常被作为陪葬品与故人一同入土,寓意让逝者好带着它们前往来世。挪威人对黄油的喜爱非常普遍,以至于欧洲人会把维京战士称为"吃黄油的人"。

~

早在15世纪,天主教会就禁止其信徒在持续四十天的大斋节期间吃黄油。然而,天主教徒们若想彻底摆脱黄油禁令,也可以向教会支付一笔费用。因此,很多法国天主教徒会选择给钱而不是放弃黄油,大斋节黄油费这笔收入成了法国鲁昂大教堂的重要资金来源。今天,鲁昂大教堂的俗称就是"黄油塔"。

~

作为生育能力和财富的象征,在16世纪前,送给英国新婚夫妇的传统礼物一直都是一罐黄油。

~

作为一个成年人,我在电影院吃"黄油"爆米花仍觉奢侈,但我最近才发现那根本不是黄油,而是加了调味料和色素的油。但人家若是问:"你想要油爆米花配饮料吗?"你肯定

黄油

不会点头。

~

在复活节假期前后,纽约州西部的杂货店和波兰市场会出售黄油羊羔①。它们被包装好,在脖子处系着一小段红丝带,还有胡椒或丁香做的眼睛。但老实说,这些羊羔大部分看起来更像一团黄油云。在布法罗的高档市场,你会看到玻璃箱下的黄油羊羔从糕点袋②里被挤到一块盖着蜡纸的标签板上。

这个备受喜爱的复活节传统在近150年已经成了布法罗文化的一部分,而黄油羊羔的起源则可以追溯至19世纪第一个十年晚期在布法罗定居的波兰移民。在波兰,黄油羊羔被称为复活节羊羔(*Baranek wielkanocny*)。波兰移民迁至布法罗后,便带来了这个传统,并迅速成为当地社区每年复活节的主食。

~

多年来,我一直很抗拒黄油羊羔,直至两个儿子逐渐长大,到了第一次一起参加复活节捡蛋活动的年龄。当时他们应

---

① 黄油羊羔,一种做成羊羔形的黄油。
② 糕点袋,一种漏斗形容器,用于装软食品混合物(如土豆泥、糖霜、打发的奶油),可从尖端挤出填充物。

波罗蜜的夏日回忆

该分别只有两岁和五岁,或者三岁和六岁——那么小的他们对复活节兔子是既喜欢又惊讶,几个星期以来一直在谈论和担心它。之所以担心,是因为即将到来的暴风雪,一只兔子怎么能穿越暴风雪,来到我们家,还带着蛋呢?!当达斯汀和我开始准备复活节晚餐时,其中一个小子看到了一个蓝色小盘里装的黄油羊羔,然后一切就结束了。

突然间,他们就想要黄油了。在那天之前,我相信他们这辈子从没想过要吃黄油(甚至不知道黄油是什么)。

一个想要小羊羔的红丝带围巾。

另一个哭了起来,因为达斯汀没有想很多就刮掉了羊头的一部分,用来涂面包了——

我的大儿子宣称那羊眼睛是他的,在火腿、魔鬼蛋和芦笋之间,我们这两个蹒跚学步的孩子突然对着一粒胡椒噘起了嘴。

黄油

我看着桌子对面的丈夫，他的眼睛闪闪发光，我们俩都对这一刻的窘境哭笑不得。

那只变形的黄油羊羔在餐桌上方的灯光下显得愈发明亮。它开始融化，在盘中积聚。

也许当时的场景比我记忆中的还要混乱，但今天的我只记得与我爱之人的那顿愉快的晚餐。

我们一定在以某种方式——事实上我很清楚我们在——发光。

意大利烩饭
RISOTTO

意大利烩饭

在瑞士阿尔卑斯山区的闪电研究中心的基地，我觉得这里的一切都多少带着电，你应该能理解。你要是有两个不到十岁的孩子，而且你和丈夫从他们出生起从未离开过他们——那么，当他们不在身边时，每一次安静的晚餐也都像触了电，宛如一场奇观。所以，我若说瑞士的一家小酒店做出了我这辈子吃过的最美味的蘑菇意大利烩饭，也请你原谅我这神魂颠倒的狂喜，因为在那之前，我一直以为自己讨厌意大利烩饭。

原来只是因为过去我吃过太多难吃的意大利烩饭。是什么改变了我的看法呢？这碗奶油味浓郁的意大利北部传统米饭为何会让我感到震撼和难忘？又是如何成了我追求并尝试重现（但失败了）的所有意大利烩饭的标准？

波罗蜜的夏日回忆

意大利烩饭的核心是米饭要在肉汤和亮油中煮熟。做一顿入门级意大利烩饭并不需要多大的食品贮藏柜——食材很容易凑齐。传统做法是将洋葱、黄油、肉汤加入短粒米饭中,在上面盖满一种碎奶酪,多半是帕尔马干酪（Parmesan）,煮熟后仔细搅拌,直到把它拌成光滑细腻的样子。

传说在1574年,米兰的一位玻璃制作大师佛兰德的瓦莱里奥（Valerio of Flanders）的一名学徒非常喜欢藏红花,他会在自己的艺术作品中使用它,甚至在给彩色玻璃染色时也会用到。他的亲友们曾恶作剧般地在他的烩饭里放了一小撮藏红花,未料这金灿灿的米饭竟极其美味,这机缘巧合最终催生出风靡全城的佳肴,成为如今享誉全球的米兰烩饭（*risotto alla Milanese*）。

在两个儿子分别是六岁和九岁之时,达斯汀和我厌倦了我们的学术工作,小镇和校园的路变得越来越不适合我们这样的混血家庭,没有让我们感觉日子在变得越来越好。在那样一个有毒的、令人毛骨悚然的种族主义院系,我们只得在情绪上勉强支撑着,为了不吓到孩子们,我们常常伪装出微笑。夜里,我向达斯汀哭诉,觉得自己在这个小镇已经无法呼吸了。

意大利烩饭

那年秋天,我们收到了格里森姆庄园发来的一份邀我们去做客的亮闪闪的请柬。这个庞大的庄园占地28万平方米,此前属于约翰·格里森姆[①]夫妇的产业,他们把它捐给了位于牛津市郊的密西西比大学。那里天气晴朗温暖,很适合户外活动。我们可以在那儿再次呼吸并开始艺术创作。我们还记得与这些有艺术天赋的、聪颖的社区成员一起成长的感觉,他们张开双臂欢迎了我们。

不久,我又受邀到我梦想中的寄宿学校——瑞士美国学校当客座教师,教授和朗诵诗歌。达斯汀和我原以为我们无法成行,因为没有家人和保姆来帮我们照看孩子,而公婆再次提出要来密西西比帮忙。我们心里很清楚,孩子们都喜欢和祖父母整天在外玩儿,但我却在和恐惧做斗争。我反复检查了我们的遗嘱,确保所有条款都是最新的,都添入了我们的小儿子。我恐惧离开会成为永别。我知道,这有些病态,但孩子们还从没体验过父母都不在身边的感觉,无论我们何时出差,都至少会有一个人陪伴他们。

[①] 约翰·格里森姆(John Grisham,1955—),美国知名犯罪小说家。

波罗蜜的夏日回忆

尤其是达斯汀,他在学术休假[①]期间就承担了大部分看护和接送孩子的责任,这不是一次能够轻易定下来的安排。到了我们这个年纪,身边很多熟人都存在婚姻问题。也许是担心我们也会存在这类问题,也许是为了让自己更坚定地奔赴工作,我才敢和丈夫一起出国,把孩子留在家里。有何不可呢?达斯汀在各个方面都是一个好伴侣,一个有担当的父亲,就算孩子们一连问45分钟的问题,他都不会置之不理,也不会举手投降。他知道他们早餐最喜欢吃什么水果、穿多大的袜子、小儿子喜欢在碗里放多少爆米花当零食,还能仅凭观察就看出他们在刷牙这件事上有没有说实话。达斯汀也知道我一周里什么时候没写作、我喜欢喝多少葡萄柚汁和伏特加、凌乱拥挤的咖啡杯柜里我最喜欢哪个马克杯。他知道全家人的牙医和医生的预约时间,而且不用别人提醒,他都会随时跟进。事实上,他都是在学术休假和大学全职教学工作之外的时间里做到这些的。除非你关注细节,除非你陪伴在家人身边,除非你无视既定的

[①] 学术休假,美国大学为教师提供的用于学术研究或旅行的假期,是大学教师发展的一种重要制度形式。

意大利烩饭

性别看护角色,否则你不可能对你爱的人有那么具体的了解。他都做到了。

于是,在卢加诺①的一个休息日,我们决定花一天时间去观光,乘索道缆车登上圣萨尔瓦多山,欣赏海拔超900米的西阿尔卑斯山西侧那令人叹为观止的景色。圣萨尔瓦多博物馆内的闪电研究中心就位于这座紫水晶般的山峰之巅,在那里,你可以把一枚代表知识的闪亮硬币拴在脖子上,就像早年间的电影《弗兰肯斯坦》(*Frankenstein*)中苍绿色怪物脖子上的螺栓,那时候银幕上还没有见过血,也听不到脉搏或心跳。在乘坐红色缆车下山的漫长旅程中,我满脑子想的都是如果钢索"啪"一下断了,我们顺着这座由海洋石英构成的斑驳的瑞士山峰溜下去,坠落于满是雪绒花的地面,那可怎么办?

剧透:我们没有掉下去,我为此而高兴。但可能因为开心过了头,在给儿子、父母和学生们买了些巧克力纪念品之后,我们很快就迷路了。

我们没带手机,四处找路,直到街道变得熟悉时,我们的

---

① 卢加诺(Lugano),瑞士南部的一座旅游城市。

波罗蜜的夏日回忆

面部表情和身体才放松下来,我们知道自己已经很接近目的地了。达斯汀和我踏上了酒店那熟悉的石子路,又饿又冷。当酒店的服务生说准备了特制的意大利烩饭时,我点头的速度让自己都吃了一惊。

餐厅里有桌布和餐巾。对于那些习惯了每晚都要让孩子清理餐桌上的乐高玩具和火柴盒汽车的父母来说,这两样东西显得太奢侈了。我们的孩子正在家里和他们的祖父母一起玩,我们在干什么呢?我们先大胆地吃了美味的意大利烩饭,在铺着白色桌布的桌旁喝酒。也许我们会被闪电击中,但那儿并没有闪电,只有一碗滚烫的蘑菇意大利烩饭摆在面前,吃下去后,奶油味一口比一口重。蘑菇本身只有一点咸味,裹着黄油的短粒米饭像和鸡肉、甜胡萝卜一起炖过。

意大利烩饭用的三种大米分别是阿保利奥米(arborio)、维尼龙纳米(vialone nano)和卡纳洛里米(carnaroli)。超高淀粉含量的阿保利奥米是最容易在美国杂货店里找到的,但这三种米都富含支链淀粉,这是一种会在烹饪过程中溶解的淀粉,能赋予意大利烩饭特有的乳脂般的微黏口感。

进行最后的调制(*mantecare*)时,也就是最后搅拌意大利

意大利烩饭

烩饭之时,你要加入一勺高尔夫球大小的黄油,让它慢慢渗出并融化。意大利烩饭容易失败的地方通常就是这最后一步,要么是搅拌得不够,要么是煮得太久。意大利烩饭是一道必须马上上桌的菜,不能等客人悠闲地喝完酒或者先接个电话再说,也许这也是这道蘑菇烩饭异乎寻常的原因。可能是因为我们在一个并不熟悉的小镇周围转得头晕,而气温又在迅速下降,我甚至不敢想象我们能及时赶回来吃一顿热乎乎的饭,但不管怎么说,已经几个小时没吃东西了,我已经迫不及待了。

吃完那一大碗意大利烩饭之后,我们隔着桌子牵了牵手。在瑞士的那四天里,我们牵手的时间可能比过去四个月还多——好吧,这是一个很好的提醒,提醒我们是如何从当初走到今天的。我们是一个团队。我们背靠着背,手牵着手。不然的话,我们也不可能在随便一个周三一起吃饭,俯瞰卢加诺湖——岸边房屋的灯光刚刚亮起。

我们当时不知道,我们很快将会卖掉房子搬到密西西比州,迁居南方腹地。我们都在酝酿新书,还会去往一个新的校园——这一切都是在一年内发生的。我们还不知道我们即将做出一个决定,要在那片美丽的绿地抚养我们的孩子,但我们

波罗蜜的夏日回忆

能感觉到一些好的变化,那是空气中的结晶。即使在稀薄的空气中,我也伸手去拉了他的手。在我们十指相扣之前,我敢肯定,傍晚时分聚集在迎宾台周围的服务生注意到了,我相信那天早晨在缆车上注视着我们的老妇人也看到了,那是达斯汀与我之间火光的闪耀与噼啪作响。

椰子
COCONUT

波罗蜜的夏日回忆

2013年在马尔代夫,有一个魁梧的、可能受到了诅咒的嫌疑人被指控干预了总统选举。警方受命缴获了一个被扔在古拉德胡岛学校投票站附近的小椰子,因为当地人报警声称担心这种水果会带来厄运,果肉中甚至可能携带着影响选举的咒语。

~

若有人称棕色皮肤的人是"椰子",那意思就是说他"棕皮白心"(Desi),即喜欢体验西方(白人)文化的人,即便是印度裔。对亚洲人类似的称呼还有香蕉和奥利奥,我相信还有不少其他美味的备选项。从来没有人当着我的面这样称呼我,但我确实听说过有人因为喜欢"错误"的音乐、穿了"错误"的衣服甚或住在"错误"(全是白人)的社区而被人用这个词

椰子

低声议论。

~

在泰国,用来榨油的椰子有99%都是猴子摘的。人们经常让豚尾猴来采摘椰子,还有专门针对这些猴子的培训项目,而且每年都会举行比赛,以选出摘椰子最快的猴子。

~

你可以邮寄椰子。如果你清楚地贴上标签,美国邮政公司就会负责运输。我记得我的前男友有个朋友不停地从夏威夷的莫洛凯岛给他寄椰子,寄到他在华盛顿特区的公寓。椰子上从没留过任何信息。但也许这就是重点,因为她知道我肯定会看到他房间角落里堆着的椰子。

~

每年大约会有600人被从高处落下的椰子砸中致死。

~

粉色的椰子水是因椰子中的糖氧化造成的。温度、储存年份、含糖量以及椰水暴露在空气中的时间都会影响椰子水的颜色,就像苹果被切开后会氧化成棕色一样。你可以吃棕色的苹果,所以也可以放心地喝粉色的椰子水。

波罗蜜的夏日回忆

~

一只公猴每天可以收集1 600个椰子,一只母猴大约能收集600个,而一个普通人每天只能收集70个左右。不过在泰国有一个以佛教教义为基础的善良和平的机构,名为索姆塞萨科猴子培训学院,那里会人道地教猴子采椰子,没有暴力或斥责。"打工猴"能享受按摩服务,甚至在休息时会有专门人员检查它们身上有没有红蚁。学校的猴子训练师表示,他们理解动物权利活动家的担忧和敏感,但他们的猴子都得到了很好的照顾,就像照顾自己的宠物一样。他们说,这些猴子的工作条件实际上堪比工作牧羊犬、公牛或在机场的缉毒犬,甚至比它们的待遇还要好很多倍。

~

椰子可以在海洋中漂流一百天左右,且上岸时仍能发芽。椰子上的三个洞让它看起来很像小猴的脸,但它们其实是新树发芽之处。在澳大利亚沿岸,有些章鱼会把椰子壳当成庇护所。

~

我第一次去印度见祖父母时,梅布尔姑妈定是看出了我

椰子

因为倒时差而疲惫不堪,她把我搂进她那散发着肉桂香的纱丽,然后把我带到了庄园。她捡了一大堆椰子壳,让我一手拿一个。"我们今天来当马,艾梅!你瞧着!"她用很慢的动作不停地踩踏这些椰子壳,踩上去的声音听起来跟骑马慢跑的声音简直没有两样。接着又变成了全速奔驰的声音,可声响太大了,连我爸都跑了出来,想看看前院怎么会有一群马。

~

用"椰子"这个词来恶意嘲讽一个与简单粗暴的文化成见不相符的人,相当于说这人的行为背叛了他的教养、生活经历和文化,这就是一种无所顾忌的侮辱。不止如此,它还假定做亚洲人就只有一种正确的方式。但在我的族群中,所有人都有慢跑或疾驰的空间。我的民族永远不会评判你距毛[①]的光滑度或者你羽毛的颜色。

---

① 距毛(fetlock),马蹄后方的丛毛。

华夫饼
WAFFLES

华夫饼

在丈夫三十九岁生日的第二天,我醒来后看到冰冷的窗户上蒙上了一层雾水。有那么一瞬间,我以为所有的杀戮都只是一场噩梦。

枪击事件发生在前一天,地点是一所小学。我们没有按计划出门去庆祝达斯汀的生日,而是取消了保姆的预约,待在家里陪孩子。帕斯卡当时上一年级,贾斯珀还穿着连体睡衣蹒跚学步。即使在那样的年纪,孩子们也能看出我们脸上闪现的悲伤,他们不明白我们为什么不在达斯汀的生日这天多笑一笑。我很难过地跟他们解释说,那天早上在另一所学校有些孩子受伤了。但我没有再多说——毕竟在那个年纪,他们会问很多很多问题。我不想告诉他们,那些和帕斯卡同龄的孩子是怎么在

波罗蜜的夏日回忆

毫无意义的犯罪活动中遇害了。我不想面对他们的问题。如果我告诉他们,有人枪杀了那么多孩子,那么多父母的宝贝,他们那棕色的大眼睛会睁得更大,我不想看到这一幕。我们最终轻描淡写般地给他们讲述了这场校园枪击事件,但不是在那一周,而是更晚的时候。很快就是我的生日了,然后又是圣诞节。让他们在不知情的情况下再多过一个假期吧。他们一个七岁,一个才四岁,拜托。

我从达斯汀强壮的肩头上瞧过去时,华夫饼烤盘里的蒸汽模糊了我的眼镜。我们决定把这个早晨变成华夫饼晨会。在那场令人心碎的校园悲剧发生后的第二天,我们没有叫它华夫饼晨会,那也不是我们全家第一次一起做华夫饼。但那是我们第一次带着特别的意义来制作它们。

老实说,我丈夫很会做华夫饼。我在深夜写作,次日他和孩子们就会起得很早。孩子们都知道,他做早餐,我做晚餐,这符合我们每个人的作息。这样我就不会睡眼惺忪地把抹刀弄进垃圾处理器里,达斯汀也不会忘记他之前嫩煎的洋葱了,那些洋葱如今变成了刺鼻的脆皮,把我们的不粘锅都变成了粘锅。

华夫饼

奥比利奥饼（obelio）是一种可以追溯至古希腊的华夫饼，用谷物面糊在两个金属盘之间烹制而成。后来在中世纪的法国和德国，华夫饼变成了蜂窝状，还有一些华夫饼的上面有复杂的星形和花形图案，是在面糊烹制过程中被压印上去的。及至18世纪，华夫饼已是一种聚会上的流行元素。就连托马斯·杰斐逊乘船回弗吉尼亚的时候也从法国带回了一个长柄的华夫饼烤盘。后来，华夫饼聚会在这片新殖民地已不仅仅是一种时尚，而是一种司空见惯的事了。

我们家的华夫饼晨会就是一场简单的聚会。用一些切片水果作为配料，有人还会从本地的农场上带些香肠或培根过来，桌上有一小碗糖粉，只要有人乐意（我的儿子们总是很喜欢），也可以在华夫饼上撒一些，就像一场最美的落雪。有时我们的朋友和邻居也会过来，但我们会把排场控制得比真正的华夫饼聚会小得多，华夫饼聚会通常会有几十人在一场"以华夫饼为主菜的奢华盛宴"上齐聚一堂。虽然我们家全年都有"华夫饼晨会"，但我特别喜欢在冬天举办这种活动。醒来时，我就能看到儿子们穿着法兰绒睡衣，还有我们家矮胖的吉娃娃，它常在华夫饼烤盘下转悠，等着面糊掉到它身前。我最喜欢这样的

波罗蜜的夏日回忆

冬季周末:壁炉中点着火,咖啡在等我,小小的雾团从我最喜欢的孔雀马克杯里升起,我们的小狗蜷缩在我脚边,看起来就像一块羊角面包。

我们的儿子们现在都是半大小子了。当我朗诵或演讲后回到家,已经不必再唠叨什么了。达斯汀定了规矩:华夫饼晨会依然每月至少举行一次。有时还更频繁——我们的生活越杂乱,华夫饼就越多,与我们所爱的人感情也越深。在儿子们还小的时候,夏日的华夫饼晨会之后还常常会看到泡泡、湿漉漉的桌子、车道上画的跳房子游戏的格子和乐高小人仔,我们还会在后门廊上吃三明治,午后小睡一下,然后开始冷饮时间(大约下午4点)。

今天,在密西西比州炎热的天气里,在和十几岁的孩子们举办了一场华夫饼晨会之后,我们又会去擦洗游泳池,给花圃除草,然后所有人都跳进波光粼粼的泳池,待防晒霜效果褪去之后才回来吃午饭,在后门廊上吃三明治,小睡一下,吃冷饮(依然是下午4点左右)。我很珍惜我们还能相伴的时光,达斯汀和我都在努力让孩子们也想和我们待在一起。

我们每次送孩子去上学都是在冒险。我们的孩子忍受着

华夫饼

学校的枪击演习，对于他们那些"为什么"和"如果"的问题，我们没有明确的答案，我们只是尽量让他们回到家时感到安全和舒适。我们不是不在意他们的担忧，而是放慢脚步，和身边所爱的人一起围坐在摆满水果华夫饼的桌子旁。不把任何事——无论什么事——视为理所当然，即使争吵，即使地上的湿毛巾还没人处理。最重要的是，醒来时，能闻到空气中弥漫的咖啡和华夫饼的香味，还能看到我们的伴侣和头发蓬乱的孩子。

从小到大，我从来没有在书或电影中看到过混血儿家庭快乐地围坐在一张桌子旁的场景，更不用说亚裔美国人了。实际上，这样的家庭在早上会高兴地聚在一起（好吧，也许偶尔会伴随着一点暴躁），为一个开放的周六可能带来的惊喜而一同兴奋。若从未在任何书籍、电视或电影中看到和自己一样的人快乐地聚在一起吃饭，会对你产生什么影响吗？你会开始好奇这怎么可能，你敢对未来抱有这种希望吗？但达斯汀和我决心让我们的孩子不仅拥有这种可能性，而且要让这种生活成为常态，即使它在如今的媒体上仍然没有足够多的呈现。我敏锐地意识到，在一篇开篇如此黑暗的文章中使用"欢聚"或"聚会"这

波罗蜜的夏日回忆

样的字眼似乎并不合适,但我总想为光明而战,为儿子们可以依靠的家庭的温情而战,不管这世上有怎样的混乱和恐惧。我想起那些可爱的孩子的脸、老师的脸、校长的脸——他们现在已离开了这个星球,却在我的脑海里永远年轻。想到此总让我喘不过气来,我在黑暗中磨坏了脚下的拖鞋,小小的雷落了下来。那是电火花。火花四处溅开。

哈啰哈啰
HALO-HALO

波罗蜜的夏日回忆

当从嘴唇边吐出"哈啰哈啰"这个叠词的时候,就能保证你在餐馆点它的时候绝不会不开心。通常情况下,我会和母亲一起过母亲节,但在2021年,她选择留在家中。我和儿子们去了孟菲斯——她最喜欢的歌手的家乡,她刚到这个国家不久就学会了这位歌手的座右铭:完成使命。猫王家那定制的锻铁大门上镶嵌着吉他和音符,那是超级巨星的标志。我都不记得我们家什么时候没放过他的音乐。我父母还留着一些老照片,照片中的我穿着连体睡衣,踮着脚,正费力地够着立体声调音台上他的唱片。我父母第一次约会就是在芝加哥的猫王演唱会上。总而言之,猫王对我家来说是个非常重要的人物。

我们从猫王妈妈的口中得知他最喜欢吃的并不是什么花哨

哈啰哈啰

的东西，不过是香蕉、面包和花生酱，即使他已是百万富翁。而之于我，若是偶然看到一张我妈最喜欢的甜点——哈啰哈啰——的宣传照，我肯定会在梅肯路上停车，把全家人都拉进去好好享受这种在地球的另一端首创的冰凉快乐。

"哈啰哈啰"在他加禄语中意为"混合混合"，或许是因为这个，我才对它有一种特殊的偏爱。毕竟我妈嫁给了一个同样喜欢猫王的印度男人，他甚至把鬓角弄得和猫王一样，还像猫王一样留了一头浓黑的蓬巴杜立发。我也是混合混合，因为我嫁给了堪萨斯州最可爱的白人，所以我们的孩子也是混合混合，混合混合！

对于哈啰哈啰，你永远不知道会在什么时候发现什么。舀下去的每一勺都保证有丰富的乐趣，那里面有刨冰、椰果、波罗蜜丁、甜豆、甜玉米。一勺紫薯冰激凌上标志性的紫泡泡在呼喊"好吃"，如果你走运的话，还会吃到上面的菲式蛋奶布丁。

继续吧，把它们都混到一起：混合混合。

波罗蜜的夏日回忆

近二十年后,当我在密西西比州一个超38℃的夏日写下这段文字时,一部关于猫王一生的电影正在票房排行榜上高居榜首,奥斯卡奖获得者的传闻也因其主演而闹得沸沸扬扬。我能听到儿子们在后院和伙伴们一起嬉闹、傻笑,弄得水花四溅,他们在外面听着扬声器里高声播放的猫王电影原声带。如今,黑色、棕色和白色的半大小子们也把我们的泳池变成了混合混合。当年我们住在纽约州西部时,儿子们都从来没有机会和这么多不一样的家庭一起玩。

有一次,我们在暴风雪中去看结冰的尼亚加拉大瀑布,一个男人在认识我几周后就告诉我,他想和我永远在一起。"你怎么这么肯定?"我问他,"你怎么这么快就知道自己想要和我永远在一起?"那个男人——你猜对了——现在就是我的丈夫,他只是简单地说了句:"我就是知道。"雪仍在飘,雪花落到我们的睫毛上——那天是那么冷。瀑布飞溅的水花已然结冰,绽放成由纯冰组建的白色蘑菇丘。我抬头看着他那双碧色的眼睛,看到达斯汀那么沉稳,那么认真。他没有动摇,没有敷衍,完全不像随口而出。他始终如一。我不知道我们的杯子里会装些什么，我们的未来会是怎样的。但在当时，在冰与雪的环绕中，我知道，未来会是甜的。

菲式蛋奶布丁
LECHE FLAN

菲式蛋奶布丁

菲式蛋奶布丁就是用牛奶做的焦糖布丁。它总与特殊的场合关联在一起,也总意味着爸妈的心情很好,所以别把它搞砸了。菲式蛋奶布丁的出现还意味着有客来访,意味着你可能得梳头,穿裙子,意味着你可能要在整个派对的人面前跳《比利·珍》①的那套太空舞步,或者在切成小三角形的菲式蛋奶布丁被分给每个人之前演奏长笛,哪怕你永远无法准确地掌握旋律。它还意味着,若是妈妈在厨房里摆平烤布丁的模具,好把它烘烤得光滑而均匀,不在那黏稠的焦糖化表面留下气孔或裂缝,你就不要在厨房里胡闹或扔球,因为你

---

① 《比利·珍》(Billie Jean),美国流行天王迈克尔·杰克逊的一首舞曲。

波罗蜜的夏日回忆

或妹妹要是在妈妈小心地把布丁放进烤箱的时候撞到她,那肯定会被她用拖鞋——可别说我没警告你——狠狠抽一顿!

菲式蛋奶布丁的传统制备方法是蒸,不过放在水锅中烘烤①的做法也很常见。这种温和而缓慢的烹饪过程可以让蛋奶冻的口感恰到好处,保持蓬松和轻盈,不会凝结。做菲式蛋奶布丁还需要在炉子上把糖融化,形成焦糖,将焦糖铺在模具底部,然后把蛋奶冻混合物倒在上面。柔滑的蛋奶冻与焦糖酱那黑暗而刺激的质感形成了一种奇妙的反差。做好并冷却后,我们一般会把菲式蛋奶布丁倒扣在盘子上,任由焦糖酱滑落到柔软细腻的蛋奶冻上。

16世纪,西班牙殖民者在菲律宾修建了很多教堂,圣詹姆斯大教区教堂就是其中之一,它位于博利瑙市的城市广场,那是邦阿西楠省的一个自治市,我母亲长大的地方。这些教堂在修建过程中使用了数以百万计的黑珊瑚石和蛋清,以其配制建筑物所需的耐久灰浆,这种灰浆有助于接合和保护建筑材料,

---

① 做法是把模具置于一个装着水的锅中,水位不要高过模具,然后放进烤箱烘烤。

菲式蛋奶布丁

助其抵御风灾。

  神通广大的厨子们看到蛋黄全都扔进了河里,为了不浪费这些食材,他们发明了一大批甜点,其中就包括菲式蛋奶布丁。关于这种甜点,网上和烹饪书里有几百种做法,但我最先爱上的还是母亲的做法,她只放五种原料:约一打鸡蛋、糖、香草、浓缩奶和脱水牛奶。

  但我必须承认,我从未能完全复现她做出来的样子——没有裂缝,没有气泡破裂造成的洞。这又不禁让我好奇,在家里的各种庆祝活动中,我的儿子们会记得些什么呢?我有没有创造过一道独特的菜式可以取代菲式蛋奶布丁在五十多年的庆祝活动和欢聚中的象征地位?如果有的话,我做的什么菜是他们心中的经典呢?别误会我的意思,我可以做一个很结实的苹果布丁,任何类型的酥皮水果馅饼、酥皮水果甜点、蛋糕或松脆食品。我可以做水果馅手心派、大多数种类的曲奇,在儿子们的生日当天,我还会做他们的蛋糕——有一次我烤了一个恐龙蛋糕,蛋糕中间有一个用巧克力包裹的脆米麦芽球火山,中间还有自制的草莓酱岩浆。还有一年,

波罗蜜的夏日回忆

我做了一个六层的彩虹皮纳塔①蛋糕,一切开它,彩虹糖就会从中间溢出来。儿子们会记得课堂上的沙滩杯点心吗?——完整的搭配包括纸伞、捣碎的全麦饼干沙和塞在蓝色吉露果冻里的星鲨。他们会记得有自制搅打奶油糖霜的纸杯蛋糕吗?他们还会记得幼儿园里的热巧克力勺子吗?——在巧克力和糖屑做的毯子下面放着一个小熊形饼干,看起来就像熊盖着毯子,准备在茶匙里睡觉一样。不会记得。我们已经知道答案是否定的,而他们甚至还没有读完高中。

他们也不会记得你把一瓶新胡椒洒了,玻璃碎得到处都是,碎片甚至落到了狗的皮毛上。那天是他们学校的国际日,只有他们没有带食物去分享,因为我和丈夫都忘了。我真正希望他们记得的是我们家中的温暖,一个即使你尽力尝试也无法完全重现的温暖。温暖就是那样自然生发的——那是他们爸爸烤肉的味道,哪怕龙卷风即将到来;是我们家壁炉发出的噼啪爆裂声;是刚从烘干机里拿出的毛巾和毯子的手感;是桌上五

---

① 皮纳塔(piñata),纸做的糖果罐,通常在节庆时挂出并打破,里面的糖果会掉落满地。

菲式蛋奶布丁

颜六色的盘子和马克杯。我甚至不记得我妈有几次用的鸡蛋的数量不对，或者菲式蛋奶布丁的表面出现了大裂缝，但如果你问她，她永远会记得这些错漏是出在什么时候和什么场合。对于她做的菲式蛋奶布丁，我只知道一点，至今为止，那都是我吃过的最好的——最滑腻、最轻盈的蛋奶布丁。

有趣的是，我们总是从书中寻找完美的口感、完美的甜点、完美的派对，却让自己心力交瘁。做一顿饭的过程中有太多东西可能不消几周就被遗忘了。不是每个人都记得餐具、珊瑚枝和紫色百日菊，或者他们饮料中的丰满的覆盆子装饰。但对于我们所爱的人来说，这不是重点。你加热了华夫饼烤盘。你把冰刨了下来。你拯救了蛋黄。你只去做。你用现有的东西去创造新的东西。你可以多花点时间，即使事情并不总是如你所愿。

无论如何你都要做，去做吧。

致 谢
ACKNOWLEDGMENTS

如果没有这支热忱而细致的队伍,这样一本书不可能如魔法般出现在您面前。我非常感谢他们把这本书带到了世上。

书中的一部分文章(有些是以不同的形式)曾刊登在下述杂志上。感谢《猎户座》(*Orion*)、《酱汁》(*Gravy*)、《塞拉》(*Sierra*)和《大篷车》(*Prairie Schooner*)的编辑。

有些诗是摘自我自己的书:

《拒绝和樱桃农约会的女人》,摘自《神奇水果》(*Miracle Fruit,* Tupelo Press, 2003)。

《杧果的起源》,摘自《在火山餐厅》(*At the Drive-In Volcano,* Tupelo Press, 2003)。

《卡斯先生和甲壳动物》《黑胡椒国王》,摘自《有关海洋》,

致 谢

Oceanic, Copper Canyon Press, 2018）。

我要拥抱并感谢我优雅又热情的代理人，Curtis Brown公司的劳拉·布莱克·彼得森（Laura Blake Peterson），她接打的与我有关的那些烦心的、让人头昏眼花的电话比任何与我无关的人的应该都要多，而那时正经疫情肆虐，身边很多的朋友失去了亲人，但她自始至终都是我坚定的向导，是我在这个书籍世界里的灯塔。感谢中村富美，我很荣幸能再次与你合作。你的插图魔幻又神奇，让我每日都觉得很饥饿，哈哈！感谢珍妮·徐（Jenny Xu）的热情，感谢我的编辑加布里埃拉·杜布（Gabriella Doob）和萨拉·墨菲（Sarah Murphy）在各个阶段提出的问题和洞见。感谢Curtis Brown公司的霍利·弗雷德里克（Holly Frederick）。感谢Ecco出版团队，尤其是海伦·阿茨马（Helen Atsma）、梅根·迪恩斯（Meghan Deans）和科迪莉亚·卡尔弗特（Cordelia Calvert）。感谢珍妮弗·钟（Jennifer Chung）对图书所做的艺术处理。

感谢Blue Flower Arts出版社，尤其是阿妮娅、宫古和丽贝卡，他们让我与读者保持着联系，与读者见面并在世界各地开

波罗蜜的夏日回忆

展教学是一件多么快乐的事啊。感谢读者朋友们为我的旅行提供的关照,你们分享了我的书,让我受益匪浅。

约瑟夫·雷格斯比(Joseph O. Legaspi),如果每个人都有一个像你这样的朋友——有着敏锐的头脑和无远弗届的同情心,以及着装搭配的天赋,那这会是一个多么炫目的世界啊!罗斯·盖伊(Ross Gay),你是明亮的星辰,总能把土豆和各种可能性摆上盘面。萨拉·甘比托(Sarah Gambito)永远能让我又笑又哭,我别无他法。感谢奥利弗·德拉帕斯(Oliver de la Paz)、乔恩·皮内达(Jon Pineda)、帕特里克·罗萨尔(Patrick Rosal)、贝丝·阮(Beth Nguyen)、阿德里安·马泰卡(Adrian Matejka)、马特·德拉佩纳(Matt De la Peña)、珍·黄(Jane Wong)、莎伦·黄(Sharo Wong)、马克·施泰因瓦克斯(Mark Steinwachs)、萨拉·萨瑟兰(Sara Sutherland)、罗恩·德根菲尔德(Ron Degenfelder)、玛格丽特·伦克尔(Margaret Renkl)、曼加纳罗斯夫妇(the Manganaros)、门罗一家(the Monroe family)、布鲁斯一家(the Bruce family)、罗宾·赫姆利(Robin Hemley)、利亚·乌曼斯基(Leah Umansky)和丽莎·孔(Lisa Kwong)。

致 谢

感谢艾琳·奥斯汀·阿博特（Erin Austen Abbott）、赖特·汤普森（Wright Thompson）、阿特金斯一家（the Atkins family）；感谢芬内利/富兰克林一家（the Fennelly/Franklin family）；感谢贾里德·威尔逊（Jarred Wilson）、德布·惠特曼（Deb Whitman）；感谢我梦想中的独立书店——密西西比州牛津市广场书店的整个团队；感谢强大的Milkweed Editions出版社的团队，特别是亚娜·德姆凯维奇（Yanna Demkiewicz）、朱迪·布劳斯（Judy Braus），以及北美环境教育者协会（NAAEE）；还有詹森·马克（Jason Mark）和《塞拉》杂志团队，感谢你们的支持和鼓励；感谢苏曼·普拉巴克（Sumanth Prabhaker）和《猎户座》杂志团队优秀的编辑的赏识，感谢你们为我提供了一方园地，让我的很多文章得以绽放初华。

感谢帕森斯一家（the Parsons family），如果没有你们这样慈祥慷慨的祖辈，本书中的很多旅行都不可能成行。感谢德罗萨一家（the DeRosa family）和我的侄子多米尼克的热情；感谢大卫·奇蒂诺一家（the David Citino family）；感谢罗素·莫特（Russell Motter）和檀香山的伊奥拉尼学校；感谢克里斯

波罗蜜的夏日回忆

托弗·威尔金斯·巴肯(Christopher Wilkins Bakken)和艾莉森·威尔金斯·巴肯(Allison Wilkins Bakken),以及我在希腊写作工作坊项目中的同僚们。

克里斯托弗·洛夫博士(Dr. Christopher Love)和他可爱的家人,朱莉·弗雷泽-史密斯(Julie Frazier-Smith),以及瑞士美国学校(再次!)以最精致的款待和山间的空气招待了我。金·罗杰斯(Kim Rogers)和卡罗尔·威尔科克斯(Carol Wilcox)为我提供了在考爱岛哈纳莱伊湾的宝贵时间和空间,让我写下了这些文章。你们给予了我多么丰富的精神与心灵滋养啊!谢谢你们在那梦幻般的一周里把我介绍给那么多美好的作家。感谢约塞米蒂国家公园管理局的护林员卡伦;感谢伊恩·切尼(Ian Cheney)和梅雷迪思·德萨扎尔(Meredith DeSalazar)带我去看冰山和驯鹿;感谢斯科特·波拉克(Scott Pollack)和明尼苏达海洋博物馆的工作人员——感谢你们的远见和伟大的梦想。感谢内华达人文委员会、印第安纳人文委员会、密西西比人文委员会、南方饮食联盟,以及密西西比图书节。感谢弗朗西斯马里恩大学的乔·安杰拉·埃德文斯博士(Dr. Jo Angela Edwins)和皮迪小说与诗歌节,感谢你们给了

致　谢

我时间"疯狂"地享用了碧根果。

辛西娅·格林利博士（Dr. Cynthia R. Greenlee）眼光锐利，是一位极其优秀的编辑，始终细心，聪慧。万分感谢你鼓励我对自己和世界进行深入研究，并提出尖锐的问题。谢谢你相信这本书，也谢谢你来看望了我。

维什韦什·巴特大厨（Chef Vishwesh Bhatt）让我感觉自己像个摇滚明星，他总是在牛津的小吃吧款待我和我的家人。我们是如此幸运能够享用您做的美味佳肴，它们让南亚人赞叹不已，这也是让我觉得我们可以在密西西比州安家的第一个原因。

约翰·艾奇（John T. Edge）是我在密西西比州最早结识的人之一。在我迷失时，他给了我一些书；我无法动笔时，他很清楚该如何帮我，他有着渊博的食物史知识。谢谢你的所以善意。

约书亚·阮博士（Dr. Joshua Nguyen）才华横溢，极其可靠，是卓越的研究助理，感谢你为我们收集了糖和果仁。感谢西姆斯·鲍威尔（Simms Powell），实习厨师兼天才水果寻觅者，以及密西西比州杰克逊市的帕里克家族（the Parikh

波罗蜜的夏日回忆

family),感谢你们一次次地接待了我。

我的同事和学生们——感谢你们的风度、鼓励和尝试新事物的勇气。和你们相处、共事是我真正的荣幸。我的教职的支持者卡罗琳·威金顿博士(Dr. Caroline Wigginton),以及密西西比大学教务长办公室和文学院——感谢你们的支持。

阿俳(Haiku),我们深深怀念的机灵的吉娃娃,我十年来的忠实伴侣——它虽然小小一只,却个性鲜明,因它那迷人的双目而小有名气。在我写最近的两本书时,它都是我"脚边的心跳"(如伊迪丝·华顿[①]所言)。可在我完成本书的编辑时,它已离我而去。

我的父母给了我好多好多水果,用实际行动向我表达了爱。你们对星星、海洋里的奥秘和我们的花园保持着好奇,你们永远是我的榜样。不知怎的,在我的成长过程中,我从来不记得我们哪一次没有共享美味的晚餐。你们是在医院长时间工作的同时做到这一切的,我永远回报不了你们给予的恩赐,尽管我每天都在努力。

[①] 伊迪丝·华顿(Edith Wharton,1862—1937),美国女作家。

致　谢

　　贾斯珀和帕斯卡,我希望你们能怀着愉快的心情回顾我们这些年的旅行,因为其实是你们俩向我展示了这个世界。谢谢你们明白和理解我何时需要安静,何时需要欢聚。你们是我生命中最甜蜜的珍宝,我的双重喜悦。看着你们逐渐长大,成为了不起的人,这就是最大的奇迹——你们是我写过的最好的诗篇。

　　达斯汀,在我身边二十年了,我一次又一次地感谢着你。只有和你在一起,我才会笑得这么忘形。只有一个在各方面都称职的、特别的(且耐心的!)伴侣才能与一个诗人共同生活(并组建家庭)。准备学校午餐,接送孩子,开车带他们去做运动,去机场接送———一切关于家的付出都是在你教书时做到的,你是我们儿子们棒球队的教练,你亦是作家……没有你来做我们家的支柱,这一切都不可设想。谢谢你照看着我的艺术和我的心。我很庆幸自己的旅程有你相伴———一步又一步,一口接一口。

推荐读物与资料
FURTHER READINGS AND RESOURCES

Albright, Mary Beth. *Eat & Flourish: How Food Supports Emotional Well-Being*.

Bakken, Christopher. *Honey, Olives, Octopus: Adventures at the Greek Table*.

Balingit, Abi. *Mayomu: Filipino American Desserts Remixed*.

Banerji, Chitrita. *Eating India: An Odyssey into the Food and Culture of the Land of Spices*.

Bass, A. L. Tommie. John K. Crellin, ed. *Plain Southern Eating: From the Reminiscences of A. L. Tommie Bass, Herbalist*.

Bhatt, Vishwesh. *I Am From Here: Stories and Recipes from a Southern Chef*.

Bittman, Mark. *The Best American Food Writing 2023*.

Cailan, Alvin, with Alexandrea Cuerdo. *Amboy: Recipes from the Filipino-American Dream*.

Courage, Keith, and Marcelle Bienvenu. *Pecans: From Soup to Nuts*.

Dimayuga, Angela, and Ligaya Mishan. *Filipinx: Heritage Recipes from the Diaspora*.

推荐读物与资料

Edge, John T. *The Potlikker Papers: A Food History of the Modern South.*

El-Waylly, Sohla. *The Best American Food Writing 2022.*

Farrimond, Stuart. *The Science of Spice: Understand Flavor Connections and Revolutionize Your Cooking.*

Fisher, M. F. K. *The Art of Eating.*

Fisher, M. F. K. *How to Cook a Wolf.*

Flandrin, Jean-Louis, and Massimo Montanari, eds. *Food: A Culinary History.*

Ford, Eleanor. *The Nutmeg Trail: Recipes and Stories Along the Ancient Spice Routes.*

Gay, Ross. *The Book of (More) Delights.*

Gilbert, Sandra M., and Roger J. Porter, eds. *Eating Words: A Norton Anthology of Food Writing.*

Goldman, Amy. *Melons for the Passionate Grower.*

Gollner, Adam Leith. *The Fruit Hunters: A Story of Nature, Adventure, Commerce and Obsession.*

Hobart, Hi'ilei Julia Kawehipuaakahaopulani. *Cooling the Tropics: Ice, Indigeneity, and Hawaiian Refreshment.*

Irwin, Sam. *Louisiana Crawfish: A Succulent History of the Cajun Crustacean.*

Jaffrey, Madhur. *Climbing the Mango Trees: A Memoir of a Childhood in India.*

Ko, Lauren. *Pieometry: Modern Tart Art and Pie Design for the Eye and the Palate.*

Lebo, Kate. *The Book of Difficult Fruit.*

Lin, Grace. *Chinese Menu: The History, Myths, and Legends Behind Your Favorite Foods.*

Lopez-Alt, J. Kenji. *The Best American Food Writing 2020.*

Lundy, Ronni. *Sorghum's Savor.*

Mamet, Zosia, ed. *My First Popsicle: An Anthology of Food and Feelings.*

McWilliams, James. *The Pecan: A History of America's Native Nut.*

Mintz, Sidney W. *Sweetness and Power: The Place of Sugar in Modern History.*

Naglich, Mandy. *How to Taste: A Guide to Discovering Flavor and Savoring Life.*

Norman, Jill, ed. *The Story of Food: An Illustrated History of Everything We Eat.*

Nostrat, Samin. *Salt Fat Acid Heat: Mastering the Elements of Good Cooking.*

Nye, Naomi Shihab. *The Tiny Journalist: Poems.*

Ponseca, Nicole, and Miguel Trinidad. *I Am a Filipino and This Is How We Cook.*

Ray, Janisse. *The Seed Underground: A Growing Revolution to Save Food.*

Rubin, Gretchen. *Life in Five Senses: How Exploring the Senses Got Me Out of My Head and into the World.*

Sharma, Nik. *The Flavor Equation: The Science of Great Cooking Explained.*

The Bitter Southerner, eds. *Food Stories: Writing that Stirs the Pot.*

Taylor, Joe Gray. *Eating, Drinking, and Visiting in the South: An Informal History.*

Vaughan, Mehana Blaich. *Kaiaulu: Gathering Tides.*

Walter, Eugene. *Hints and Pinches: A Concise Compendium of Aromatics, Chutneys, Herbs, Relishes, Spices, and Other Such Concerns.*

Wong, Cecily, and Dylan Thuras. *Gastro Obscura: A Food Adventurer's Guide.*

Young, Kevin. *The Hungry Ear: Poems of Food & Drink.*

美食写作贴士
FOOD WRITING PROMPTS

当文字触及食物或饮品,大脑就会急不可耐地追寻关联与回忆。饮食往往带着潜台词——一种层次,或曰味道,它夹杂着悲伤、喜悦、羞耻、欲望和怀旧。无论你经验深浅,下列创作方法皆可以尝试:

1. 初尝之果:你对自己第一次尝试的一种陌生水果(当时对你来说)的记忆是怎样的?描述地点和时间,并尽可能准确地描摹其质地和气味。

2. 品尝彩虹:用七个段落写作诗歌或抒情散文,每段对应一种食物,亦即彩虹的一种颜色——赤、橙、黄、绿、蓝、靛、紫。

波罗蜜的夏日回忆

3. 香料的治愈：你最喜欢的香料是什么？香菜？豆蔻？孜然？查找这一香料的疗愈属性或民间传说，创作一个角色用这种香料疗愈他人的场景。

4. 逝去的飨宴：用一句话或一首诗，来记录你和一个逝者或旧友的最后一餐。

5. 谢幕之宴：描绘你在这世上最后的完美一餐是什么样的。你想要多少道菜就要多少，从开胃菜到甜点饮品，尽可挥毫。

6. 食事攻心计：你笔下的角色会给喜欢的人吃什么？他们想用什么打动人呢？为他们鄙视的人，或者伤害了他们感情的人又会献上什么呢？尽可能精确描摹该食物的细节。

7. 罪恶的欢愉：写一写你最喜欢的、让你有罪恶感的放纵食物。

8. 料理字母诗：写一篇初级的随笔（包括26个句子或段落，每段都依序用字母表中的字母开头），讲述你与烹饪（或外卖！）的羁绊。

9. 亲手种青绿：尝试自己种植食材或香草——一些你以前从未种过的东西——并记下笔记！如果你没有园地，可以用窗台上的盆栽。每周写两到三篇培育日志，跟进这些植物的生长

美食写作贴士

过程。如果失败了，就换个品种再试！推荐：番茄和草莓很容易在花盆里栽培！罗勒和欧芹也很好养！

10. 厨房事故漫画：制作一幅诗歌漫画，至少有六格，讲述你在准备某次烹饪时的失误（每格用一张独立的空白纸）。

11. 童年味觉开关：哪种食物或饮品会让你立刻回到童年，无论你在哪里？写下它为何能代表你的童年，并探寻它是否与你现在的生活有什么联系。请调动你的五感，去闻，摸，尝，听，看，共尝此味。

12. 绝美的甜密记忆：写一写你此生邂逅的最惊艳的甜点。